U0135289

Kawabata Yasunari

川端康成

—— 浅草紅団

浅草红团

高洁
—— 译

上海译文出版社

目　录

作者有言，难以估量这部小说将为红团团员及盘踞在浅草公园内的诸般人等带来何等烦扰。然毕竟小说之言，还望见谅。

浅草红团

弹钢琴的女孩

一

腰间悬挂着旧式的鞣制鹿皮烟袋，配有红铜五金件，里面插着镀银的烟管，上面垂着玛瑙吊坠，为了防止国府烟叶干燥，还放了青菜梗在里面。白色细筒裤、黑色绑腿、白色护手，古朴的藏青色条纹和服，后衣襟撩起来掖在腰带里，活脱脱一副大江户时代图画书里捕鸟人的模样，据说在今天的东京仍能见到这副打扮。说这话的人是个警察，应该不只是出于怀古趣味的戏言吧。

如此一来，我也该模仿江户时代的措辞：此路……是的！我要带领各位沿此路前往红团团员的住宅。万治宽文年间，公子们身穿白皮和服裙裤，腰佩白鞘之刀，连胯下坐骑都是白马，让马夫唱着流行的马夫小曲，前往吉原……也许应该查证一下前往吉原的马道是否就是这条路。

凌晨三点过后，流浪者们早已进入梦乡。我和弓子走在浅草寺内，银杏树叶飘落，鸡叫声不绝于耳。

"真奇怪啊，那是为了观音菩萨养的鸡吗？"说着，我不由得停下脚步，只见四个盛装打扮的女子，脸色雪白地站在那里。

"你可成不了浅草人！那是花园① 里的人偶呀！"她嘲笑我。

据说，捕鸟人在天快亮的时候，用长竹竿去捅树梢上的小鸟。像我这样睡懒觉的人跟他们是无缘了。

也许因为吉原最近连悬挂姑娘们的照片都被禁止了，所以只能把照片放进玻璃盒子里，人们像观察蝴蝶标本似的伸着脖子看。

还有那个既像打字机，又像电子琴，我记得叫作"大正琴"的乐器，现在也被精明的买卖人称为"昭和琴"了。没有必要再怀念大江户时代。我为各位描绘一下大正地震之后因城市新建而改写的"昭和地图"吧。

浅草的公共汽车从上野的莺谷沿着柏油马路开往言问桥。在"浅草观音后"这一站，向北走，右边是马道町，左边是千束町；再走一会儿，左侧是象潟警署，右侧是富士寻常小学②，尽头是浅草神社的十字路口。沿着神社的石崖可以走到公办市场，然后是吉原大堤河道上的纸洗桥。不到桥的地方，有一个胡同儿。"一个胡同儿"这种说法，有点像陈腐小说的开头。其实他们并没有犯什么死罪。岂止如此，就连浅草一带盘踞的人力车夫干的勾当，他们都没有做过，所以完全可以写明地址。

在浅草公园和吉原一带拉客的人力车夫招呼客人："老板！老板！"

"我看您是常来玩的吧，偶尔换换地方怎么样？"

谈妥之后，他们马上脱掉胶鞋换上木屐，把带了标记的帽子扔

---

① 此处指浅草公园，建立于江户时代末期，是日本历史最悠久的游乐园。
② 第二次世界大战之前，日本的小学学制分为六年制的寻常小学和两年制的高等小学。

进车里，叫上一辆出租车，砍掉五十钱就带客人过去。车夫们每人都有自己的窝点，不会告诉同行。更有甚者还会带客人去照顾情妇的生意，而情妇可能还带着两个九岁和四岁的孩子，和一个刚生下来六个月大的婴儿。

话说回来，各位当中如果有对"千社签"①感兴趣的话，是否曾在某处的神社寺庙看见过"红座"奉纳的签牌？红团又称"红座"，他们能够找一处空地，用草席搭个像模像样的简易小屋，轰轰烈烈地——至少在他们看来是轰轰烈烈地——展示一下他们的技艺。他们当中的一个少女在浅草寺前的商店街一边跳着查尔斯顿舞，一边卖皮球。

二

即便是千社签，他们也要与众不同。据说最初是从花山天皇开始的，歌川丰国也写过，不过他们可不会去查证历史、钻研图案，更没有立志遍访一千个神社的信仰。他们与其他拜遍一千个神社的团体不同之处在于：有一天，开船的时公，就是那个因为他父亲是大川上的船夫，所以大家都叫他"开船的时公"的小阿飞问我：

"你知道五重塔吧。"

"是观音寺的五重塔吗？"

---

① 指巡拜一千所（或以上）神社的人贴在神殿上的纸条。印有图案形式的姓名、出生地等，以作为巡拜的证明。

"嗯，那座五重塔从上数来或是从下数去第三层，面对仁王门的方位，有一块猴脸长犄角的兽头瓦，上面的眼珠子是金的。我真想在那个猴脸上贴一张签牌。"

他们就是这样，什么浅草寺仁王门三个大灯笼当中那个入舟町灯笼的黑底上、向岛牛御前神社院子里那个青铜牛的犄角之类，他们想趁着夜幕，在这些不可冒犯的意想不到的地方，贴上他们红座奉纳的签牌。

所以，红座也并非因为他们想当艺人才办的，不过是想表演一些异想天开的节目，让世人吃上一惊。

说起来，他们曾经让我为红座写一出独幕剧，其中一个可怜见儿地来求我。

"光是握手太没劲儿了。能不能想个好一点的动作，让我们每个人依次跟明公做一下？"

那时候，我经常和明公在六区一带散步。

当时葫芦池岸上聚集了很多人，都在嬉笑着。秋末冬初的暖阳映照着他们的背影。我凑过去一看，吃了一惊。在葫芦池两个葫芦连接的地方，有个小岛，一座搭着紫藤花架的桥连接两岸。岛上那家叫立花屋的卖关东煮的店前，一个大个子男人站在垂柳树下八角金盘灌木丛旁边，正在捞水池里喂鲤鱼的麦麸吃。他双脚叉开，脚脖子以下浸在水里，用一个七尺长的竹竿把水面上的麦麸聚拢过来，狼吞虎咽地吃着。

"疯得不轻啊，连鲤鱼的鱼食都要揩油。"这边的岸上大家一阵哄笑。吃了十四五片麦麸之后，男人若无其事大摇大摆地走了。

可是，明公一路小跑在昆虫馆后面叫住他：

"阿健，阿健！"塞给他一个十钱硬币后，明公告诉我：

"那家伙之前是在这里讨生活的。"

"讨生活？"

"嗯，就是在这里要饭。他是那种没有自己的地盘，四处乞讨的乞丐——后来不干了，听说当上了工人，谁知又回到了这里，看来经济不景气啊。"

"哦哦，原来不是疯子啊。"

"不装疯卖傻，能吃到水池里的麦麸吗？不过也说不定是真疯了。话说回来，正常人不也在众目睽睽之下捡垃圾箱里的东西吃吗？那家伙回来之后，大家都说他自以为是，连残汤剩饭都不给他，他一定饿坏了。"

红团团员就是这样的人，所以我带各位去红团团员的住宅看看应该也无妨吧。上文说到的"一个胡同儿"——我之所以误入那个胡同，不是出于好奇前去探访，而是有我自己秘密的任务。在那个胡同后面，我发现一位美丽的短发女孩在弹奏钢琴。

三

那个胡同——在不到吉原大堤纸洗桥十字路口的小路左转之后，有一片空地。右边是毛毡、软木草鞋作坊，左边是水疗艾灸店，空地后方挂着房屋招租的牌子。我踩着枯草，跨过一根根瓦管，进到那个死胡同里。那是一处大杂院，门口处的房子，两侧楼下都堆满了装炭的草袋，二楼是住户，竹竿伸到胡同里，上面晾晒着衬衫和女人的衣物。

"住在这个门里的话，可没有人能发现。"

我从晾晒衣物的下面走进门，缩着脖子向左边望去，看见日本堤消防队的望火楼只露出一个屋顶。

"原来在那附近啊。"我一边嘀咕着，一边继续向里面走进去。走到第三间的地方，我不由得停下脚步，鲜红的花束猛然出现在我的面前。

一位穿着红色洋装的女孩在玄关弹奏钢琴。膝盖以下雪白的腿从红色的衣裳、黑色的钢琴之间浮现出来，水灵灵的。说是玄关，其实不过是和木屐同样长度的一小块脱鞋处。大门敞开着，似乎在门外就能拉到女孩腰间黑色的蝴蝶结。那洋装只有蝴蝶结一个装饰，无袖、大开领，与其说是简易晚礼服，更像是在家里穿着舞台上的跳舞服。女孩后颈处的头发剪得短短的，像个男孩子，不过隐约可见发隙里残留的白色妆粉。

她好像也对于我的出现大为吃惊，不由回过头去。这时，一名十二三岁的少女跑了进来，一脸惊讶地抬头望着我。我赶紧继续向前走。

那间房门口挂着一块圆圆的木板招牌，上面用绿字写着"钢琴教室"。少女说道：

"姐姐，听说卡基诺·胡里奥剧团又在水族馆演出了。"

"是吗？那我干脆去应征光脚走舞台，表演那什么歌舞秀算了。哦，对了，自行车怎么样了？"

"借到了。"听声音，她们好像上楼去了。

招租的房屋在她们隔壁的隔壁，可是在看房之前，我差一点儿拍着膝盖说道：

"对了，对了，想起来了！"难怪我总觉得在哪儿见过这两人，我终于想起来了。

扇子师傅文阿弥的宝扇堂，我在那里给乡下的妹妹买了一把跳舞用的扇子，然后打算去热闹的浅草商店街逛逛。转角处有一家乐器店，店内有口琴、曼陀林、西洋笛子、中国笛子、小提琴、西洋木琴、尺八、中国琴。当时有一个女孩坐在店里，用已经改称"昭和琴"的"大正琴"，熟练演奏着各位都熟悉的流行小曲。那个女孩和胡同里的女孩长得一模一样。

深秋的浅草，已经到了售卖年历的季节。今年在路边卖橡皮球的特别多，他们卖的橡皮球和销售方法都如出一辙。先把球儿像卷彩线一样，用蓝色、红色的布包起来，球的大小勉强能够一手抓。他们用绳子把球吊在中指上，不停向空中抛球，就这样一边表演，一边售卖。卖橡皮球的少女和中年妇女们，大多凭借可怜兮兮的模样招揽顾客。

可她们当中却有一位少女，凭借着自己的美貌吸引客人。她梳着娃娃头，齐齐的刘海，扎着红色的蝴蝶结，穿着蓬蓬的短裙，红唇吹着爵士乐曲调的口哨，袜子滑落在脚踝处，踢踏踢踏地跳着查尔斯顿舞。她伴着音乐的节奏拍着球，就像打着手鼓或者响板跳舞一样。这位少女和我在胡同里看见的少女长得一模一样。

我决定租下胡同里的房子。浅草公共汽车沿着宫户座前面的道路开往"公园后宫户座前"这一站的时候，两辆旧自行车从后面超过了我。其中一名骑车的年轻人和那个少女长得如同双胞胎一般。

"请跟上前面的自行车。"我叫住一辆出租车，催着司机师傅赶紧跟上。

隅田公园

四

这绝不是凭空捏造，我亲眼所见，在舞台上跳着西班牙舞蹈的舞女的上臂上有刚刚注射留下的痕迹，上面贴着小小的创可贴。午夜两点浅草寺的庭院里，十六七条野狗发出可怕的叫声，一起追逐着一只猫。虽说浅草是这种地方，不过我跟踪两辆旧自行车，却并非为了捕捉犯罪的气息。

午夜一点半过后的浅草，路上的刑警比普通人还多。可我不是侦探，也不是刑警，如果弹钢琴的女孩不漂亮，我大概早就回去了。

我坐的出租车沿着大路开到浅草宪兵分队不到的地方，就和两辆自行车并驾齐驱了。前面是言问桥。

一群在建筑工地打夯的女工，用头巾包着脸，像男人一样从本所那边走了过来。桥上有卖大福糕饼和中国荞麦面的摊贩。对岸的牛岛神社快要开始施工了，铁皮屋顶和细木框架搭建成的简易工棚，看上去像是会随着河里蒸汽船发动机的轰鸣声飘起来似的。从桥头的牛岛神社转弯到新小梅町后，出租车司机突然停下车，问我：

"要在这里等着吗？"

他们正在神社前面买千岁糖。

"大概知道自己被跟踪，故意停下来给对方一点甜头呢。俗话说'路上吃草'①，他们这是'路上吃糖'。"我苦笑着让出租车先回去，自己跟着他们进了糖果店。

那个和弹钢琴的女孩如同孪生姐弟一般的少年，看上去比她要小两三岁，大概十六岁。他向后戴着鸭舌帽，穿着脏兮兮的灯芯绒裤子，脸上全是污垢，只有耳朵如同贝壳工艺品一般洁净。看见这耳朵，加之他回头看我的那种惊讶的眼神，让我不由得红了脸，而他已迅速走出了商店。

下一站是枕桥。他们一边看着左边札幌啤酒公司那个"枕桥啤酒广场"的大招牌，一边进了隅田公园。

从前的枕桥渡口正在修建铁桥，大河正中央竖立着起重机，河对岸可以看见五重塔。绿色塔顶浮现在铅灰色的河水和街市之上，简直不像是建筑，更像是绿色植物，令人怀念。

新建成的隅田公园到长命寺一带，用现在的说法，沿着河岸的赛艇路线直到商科大学船坞这一段，是一条沥青散步路。这里已然是昭和时代的向导大堤了。

"预——备！"年轻活泼的妻子和丈夫站成一排，看来他们想在河岸这条笔直的沥青路上赛跑。

"开始！"妻子的一只穿着毛毡草鞋的脚迈了出去，和丈夫一起跑起来。两人手里各抱着一个男孩。两个男孩都穿着藏青色的裤子，打着蓝色的蝴蝶结，发型也一模一样，是一对双胞胎。

---

① 日语中指路上耽搁的意思。

在这幸福的一家人后面，我跟踪的两个人一边嘲笑着"自行车可不要漏气哦！"一边让两辆自行车并成一排。耳朵很漂亮的那个从口袋里掏出口笛——在小小的金属板上一字排开的那种笛子，今年在夜市上曾大受孩子们欢迎，他用力吹了一声，以此为口令，两人开始自行车比赛。

船上的狗叫了起来。第九墨田丸拖着第七吾妻丸沿河上行。学校的赛艇停靠岸边休息。两个美发师将手包在围裙里跑了过去。

我担心跟丢他们，从言问桥下钻过。桥下的空气很冷，也许是因为有流浪汉露宿于此吧，墙上用白色粉笔大大地写着"此处不可睡觉""不可躺卧"。

我再次见到他们时，地铁餐厅的尖塔已经亮起了红色蓝色的灯光。我站在言问桥上，眺望着船上晚餐的景象。

就在这里，我第一次与红团团员攀谈起来。

五

昭和三年二月由复兴局建造的言问桥，平坦宽阔，明亮洁净，如同现代的甲板一般，又像是在这沉淀着城市污秽的大河之上，描画出了一条崭新健全的道路。

但是，当我再次从那里经过的时候，街市的灯火和广告灯影都已落入黑色的水中，都市的哀愁随波流动。

隅田公园的浅草河岸正在施工，暮色中，白色石板浮现而出；远处可见工人们在驮马旁燃着篝火。

在桥栏边向下看，隐约听到涨潮的水声，三艘货船拴在巨大的混凝土桥墩旁边，正是晚餐时分。

船尾的炭炉上白米饭冒着蒸汽。头上包着毛巾的姑娘抱着饭桶，沿着船舷走了过来。船头船橹横斜，上面晒着红色的衣物。旁边的一艘船上也在煤油灯下烤着秋刀鱼。船舱顶上散乱地放着过滤味噌渣滓的筛子、柴火、水桶等杂物。

除我之外，三五个下班路过的人也在观望着桥下，不过船上的人们毫不在意。蒸汽船经过时，几艘货船在波浪中摇晃，正在洗葱的小孩跟跄了一下，就在这时，我身后有人问：

"时公的船不在吗？"

"阿时！"

回头一看，发话的是我刚刚跟丢了的自行车二人组。洗葱的孩子抬头看过来。

"时公，我把糖给你扔过去。"

"喂，我爸说可以把船借给你们。"河里有声音传了上来。

"借给我们？！真的吗？"

"只要你们不用来干坏事就好。不过我爸说，作为交换，要请我们四个去看安来调①。"

"知道了，你不要那么大声。接着，糖！"

砰的一声，糖果掉在了船舱顶上，三艘船上的人一起探出头来向桥上看。我吃了一惊，原来单单孩子就有七人。

这边劈里啪啦地向船上扔千岁糖，引得桥上的人聚集起来。

和弹钢琴的女孩长得一模一样的年轻人刚刚一直不作声，此时

----

① 日本岛根县安来地方的民谣。

15

悄悄离开人群。我赶紧走上前去问他：

"借那船做什么？"

他突然把头扭向旁边，单脚踏上自行车，白了我一眼。

"这个嘛，或许借船让女人卖身吧。"

"你呀，一看见你的双胞胎，是不是就会像刚才在隅田公园那样，做些让人讨厌的事啊。"我自以为戳到了他的痛处，可他却吹起了口哨。"在房子里弹钢琴的人，和你是双胞胎吧，所以你才……"

"哦哦，原来你是喜欢她，才跟踪我们的。"

"不是，我打算租那隔壁的房子。"

"什么？！你想住那个鬼屋？"

"不可以吗？"

"真让人着急，那里是赌场，在附近闲逛会挨揍的。"他吹了一声尖锐的口哨，给同伴发送信号，然后跳上自行车骑走了。

我和红团团员第一次会面就这样以失败告终。不过，要是像这样流水账似的记录下去，各位一定会觉得无聊，我还是先和他们分开吧。

刚刚提到"船上的时公"，后来我才知道，他每天下船去浅草观音寺内的浅草寻常小学上学。每天早晨，他父亲开船送他到言问桥边，不过，大河上工作的船，不能保证每天学校放学时正好可以赶回来。有时候到晚上，偶尔到第二天凌晨，船才能过来，所以阿时只好在浅草打发时间，就这样成了公园里的孩子。

也许是因为我想让各位对红团团员抱有好感吧，似乎过于强调了他们美好的一面。

"披发[①]某某"

六

前面我说，也许我过于强调了他们美好的一面。

有一天，弓子对我说：

"是啊，我是很美。因为很美，浅草才给我饭吃。开乐器店的，搞旋转木马的，都是如此——当然，在浅草这里，靠着悲惨丑陋的模样乞讨的乞丐也多得是。"

她嘲笑我："像你这样的人，怎么可能明白浅草丑陋的最底层呢。"

她所说的"美"是容貌之美，与我和各位所说的"美好"略有不同。是的，我再举一个例子吧。

那是十一月中旬。我们聊起当天报纸上的一则报道。

"晚报上说，某披发女子被捕了。"

"'某'？那是谁啊？我这不也是披发嘛。我最讨厌剪短发了。我就是'披发阿弓'。哎呀，说着玩的。"弓子笑了，眼睑下方露出单边酒窝，她倏地向前走了两三步。

"可不是嘛，钢琴教室的招牌都挂出来了，当然要披发了。"

"不过，浅草有各种各样的披发。"

"特别是那些被剃成光头的，那是为了让她们没办法从感化院^②逃出去……"

"你是说阿信?"

"听说她被象泻警署逮捕过十几次，从感化院出逃七次，十岁开始待在这个公园，已有七年多……"

"对，就是'豪放女'阿信。"

"豪放女?"

"像阿信那样，客人都是临时工、捡破烂儿的、流浪汉之类的。听说她们多是不到十四五岁的孩子，要么就是四十出头的阿姨。'妙龄少妇'很少有人露宿街头的。稍微伶俐一点的，找个男人就可以过活……"

"你说的阿信，是第几代'枸橘阿信'呢?"

"哎呀，你怎么会知道'枸橘阿信'?"

"她是不良少女历史上的英雄吧。我听说过名字，据称她十三四岁的时候成立不良少女团体'鹰隼团'，自任团长，带领二三十名部下，以深川八幡为据点，十六岁时已经和一百五十名男子睡过了。大概这些吧，作为历史考试的答案，能及格吗?"

"所以，我说你在做梦嘛。阿信都各不相同的，我来给你介绍一下披发阿信吧。"

"不必了，我有披发阿弓就够了。"

---

① 披散短发之意。明治维新后，日本政府颁布"断发令"，男子剪去发髻后，变成披散的短发，称为"披发"。
② 对有犯罪行为的不良少男少女进行教育的机构。

"说什么呢。这样吧，我带你去看一次。最好是早上，和明公一起去吧。流浪汉陆续起床，从大殿出来的时候，即便看不到阿信，也一定能看到一两个豪放女的。"

她信守了诺言，没过几天，我就被明公带去晨雾中的公园。

街灯亮了一整夜。晨雾之中，那灯光首先缓缓苏醒。

葫芦大街上悬挂着一排铃兰形状的装饰灯，这里俗称"米久街"，拥有公园这一带唯一通宵营业的吾妻总店，我们在那里吃着牛肉火锅当早饭，远处传来广播体操的口令声。

这个时间，流浪汉们都在看电影海报，没人赶他们，也没有人烦他们。沐浴在晨曦中，他们津津有味地欣赏着海报。

在总睡懒觉的浅草，不知为何只有理发店的人起得最早。在一家还未开门营业的理发店前，一个美艳的女子站在柱子里镶嵌的镜子前面，正对镜梳妆。

七

今天早晨，明公的脸——我在言问桥跟丢的就是他——洗去了污垢，如同歌剧舞台上的少年一般白皙。大概是为了掩饰光滑的脖颈，他两手在脖颈交叉，把脸埋在双肘之间，匆匆前行。

他的胳膊上挂着一个类似小学生装草鞋用的袋子。

"那是你的便当吗？"

"这是化妆包。"

晨曦柔和的光影之中，飘散着晨雾的味道。所有商店都还没有开门。

在日本馆旁边，穿过须田町食堂厨房的后巷，就到了北仲町，也就是俗称狸子町的地方。那里白天小店林立，到处可见大减价的红旗，而清晨的柏油路面却如同街道模型一般洁净。

路上只有"爱美的疯女人"站在理发店门柱的镜子面前。可近看不仅称不上美，还浑身湿淋淋。明公赶紧跑了过去。

"姐姐，我们快回去吧。"

女子梳着秋色岛田髻似的奇特发髻，回眸望过来。脸上厚厚的脂粉，如同传统糕点"落雁"一般。红色的衣领上绣着白梅，让人觉得莫名感伤。明公盯着她散乱的衣服下摆，帮她掸去衣角的尘埃。

"真是的！你是天亮后从家里跑出来的吗？这个衣角是你自己撩开的？不会是天没亮就跑出来的吧。"

她——似乎确实是疯了——沉默地迈开了步子。

我们走到商店街上。各家店铺贴着马口铁皮的门都紧闭着。门前摊贩们铺开草席，在售卖他们的商品。穿着旅馆和服棉袍的乡下客人，正在购买一打十钱的铅笔。

四周是早晨去参拜神社的艺伎、上学的学生、乞丐、看孩子的保姆、临时工、早晨回家的男子、流浪者。人流中各色人等虽然算不上稀奇，但神社里的摊贩前，早晨七八点钟就已聚集了那么多不问世事的人们，这才是浅草令人不可思议的地方。

仁王门左边的简易小屋前竖着两块木牌，上面分明写着：

正殿修缮募捐
正殿屋顶用瓦募捐

看来浅草恢复往日的繁华，还需要一段时间。裹着红毛毯的乞丐靠在屋边，还在呼呼大睡。

右边久米平内神社后面，二十几个流浪汉正在吃早饭。他们在泥瓦墙边的树荫下面摆着锅，正在煮菜粥，热气腾腾的。锅边的男子对晒太阳的男人们招呼着："早。"

"早。"每人分到一碗。

观音堂旁边，做竹马的工匠正干劲十足地劈着竹子。售卖鸽豆的老太太往嘴里扒拉着煮豆当早饭。六个老太太，头上都戴着手巾，面前一排贴着马口铁皮的小台子。鸽子一群一群的，地面上、屋顶上、空中到处都是。

四五只鸡停在纪念塔后面的灯笼上。

穿过鸽群，来到小树林旁边的广场上。各处长椅上都是流浪汉，如同早晨的聚会。

卖报纸的孩子、来这里雇人的老板，长椅各处都有人聚在一起，似乎发生了什么大事。不过他们中的大部分人都像孤独底层的疯子一般，目光呆滞，沉默不语。

我们走到公园后方的时候，明公拉拉我的衣袖：

"你看！"

两个洒水工人在那边的长椅上休息。一个人——不，是一个女人正在向他们当中的一个讨烟头。看她晃动着腰肢奔跑的姿势就知道。虽然穿了两件破旧的条纹棉袍，绑着男人常用的整幅腰带，穿着胶底布袜，令人生厌，但的确是女人。

"看到了吗？那也是'披发某某'中的一个，浅草社会的最底层就是那副样子。她还能跑，算是走运的了。流浪汉是绝对不会跑的。你要是看腻了'披发'族，那我们就回去吧。我要先把姐姐托付给别人，然后去租衣店换衣服，得干活了。"

"披发某某"把蜡黄松弛的面庞凑到对面长椅上的男人旁边，把捡来的烟头递给他。那个男人一只脚穿着破了洞的鞋，另一只脚则穿了一只草鞋。

昆虫馆

八

浅草公园游乐场里的老虎，公虎把一只脚牢牢踩在母虎的肚皮上酣睡。这是一幅颇具家庭氛围的场景。不过，浅草公园的游乐场和昆虫馆，这两个简易小屋之所以能够成为大家喜爱的游乐场所，为各位熟知，当然不是因为老虎夫妇的这副睡相，而是因为那里的旋转木马。

"小姐，快看啊，又放焰火啦！"

昆虫馆的女孩抱起坐在木马上的"小姐"，飞快地向外面跑去。

"快看，那些鸽子吓得都飞走了！"

正说着，女孩砰的一声撞到了"洋装绅士"的腰上。

"蠢货！"

"哎呀，实在对不起！"女孩不停抬眼窥视对方，脸颊泛起红晕，似乎是担心脸上的脂粉沾到男人的外套上，她用手帕轻轻掸了一下，就扭过头去。

"快看啊，鸽子都飞到药师佛大殿的屋顶上去了。鸽子头顶的羽毛，比姐姐还摩登呢。"

"哼！当我傻吗?！"

女孩回头狠狠瞪了男人一眼，转身进了小屋。乐队已经开始演奏了。木马旋转起来。

男人没有离去，站在那里看海报。

> 天下独一无二腹部有嘴的男子。脸上的嘴只是用来说话，腹部的嘴则用来进食，以此谋生。

男人向小屋里看了看。旋转木马的轴心柱子是八面镜，设计成莲花状的镜台是乐队演奏的地方。四周一圈是"小姐和公子"们乘坐的木马和木制汽车在旋转。乐队演奏者的头顶伸展着红纸剪成的枫叶枝桠。白色天花板上绿纸做的芭蕉叶子一簇簇地摇曳着。

看孩子的保姆、老板娘、太太、手艺人、父亲，或是坐在长椅上，或是倚靠着墙壁，都是一副呆呆的老实人模样，眺望着旋转木马。不仅如此，售票处后方还站了十几个人，其中有土木工人、绅士、士兵、店员，甚至还有大学生。

于是，这个男人嘀咕一句"人不少嘛"，也挤了进去。

"被盯上的女孩"穿着黑底红色井字图案的平纹粗绸和服，外面套了一件深绿色的工作服，皮带上挂着一个大皮包，从对面旋转过来，向着骑在白马上的"小姐"说道：

"好了，好了，抓到那家伙了！"

说着，她把额头上的短发撩了上去，抬眼瞪着男人，像是要吹口哨似的，嘟起嘴巴，用毛毡草鞋的脚尖踩着《海军进行曲》的节奏打着拍子。男人眨眨眼睛，说了一句：

"别瞧不起人了。"

当她旋转到正面的时候，镜子里映出她剃高的后颈发线。

这个卖票的女孩就是各位都知道的弓子，她就是胡同里那个弹钢琴的女孩。

"小姐和公子"们玩耍的旋转木马成为她展示美貌的舞台。之所以这么说，是因为她如同展台上的时装模特一样，随着木马旋转，男人们可以从各个角度欣赏她的姿态。

在二楼，时年六岁的"天才少女"三好屋福奴结束了表演，报幕员站在舞台上介绍道：

"下面将在诸位面前展示用腹部的嘴进食的场景，或可资医学参考。"

"腹部有嘴"的男子据说出生于北海道旭川，冬日喝酒避寒，甚至直接饮用酒精，导致食管狭窄，后在北海道医科大学做了手术，在腹部再造了一个嘴巴。

他的娃娃头只在头顶留着头发，其余都已剃光，戴着圆框宽边眼镜，穿着像柔道运动员一样的白色法兰绒衣服。他撩起白色衣服，露出腹部。

楼下，男人把手藏在腰部，用大拇指一个劲地招呼弓子。刚刚看鸽子的"小姐"从木马上跳了下来，站在男人面前。

正是那个胡同里的女孩。

她手里拿着红纸做的小旗子，递给男人看。上面写着：

今晚，隔壁三楼

隔壁是水族馆，二楼卡基诺·胡里奥剧团正在表演歌舞短剧。

九

"罕见的怪人，腹部有嘴的男子"猛地掀开白色衣服。但是各位，像这般寒酸的演出棚屋，还找得到第二家吗？舞台正下方只有三排观众席，后面则是空荡荡的地板。

预告着冬日将至的夕阳从玻璃窗照射进来，透过玻璃窗看到的则是一根根树梢，俨然一幅偏远乡村里棚屋的景象。

更为冷清的是，窗边满是尘埃的一排玻璃箱里，装着蝉、独角甲虫、蝴蝶、蜜蜂等昆虫的标本，勉强支撑着"昆虫馆"的门面，颇有明治大正时代的浅草风情。

"遗憾的是，医生再造的嘴巴里没有牙齿，如同鸟喙一般。"

正如报幕员解说的那般，白衣男子解开缠在嘴喙上的布条，那里插着一个烟斗形状的东西。

他将漏斗竖在那个烟斗形状的东西上，把牛奶和碾碎的面包灌了进去。

"虽然是如此可怜的模样，可他还是不能忘怀美酒的味道，偶尔会灌上一两百毫升。脸上的嘴用来品尝，腹部的嘴则用来饮用。可是这么喝酒容易洒，当然也有运气好灌进去的时候。不要看他腼腆害羞，靠这腹部的嘴巴，他活蹦乱跳地活着，也有这般生活的乐趣。这难道不正是医学令人吃惊的进步吗？"

　　想你时，灯火黯淡，

胭脂红色的腰带，为谁而宽？①

这时，楼下乐队演奏结束，"小姐和公子"们的木马停止了旋转。

男人看了递到他胸前的红旗上的字，惊讶地望着弓子。

弓子转过身去补妆。不过，她从镜子中一直盯着男人。

另一批孩子上来，乐队又开始了演奏。弓子一边在木马之间转来转去卖票，一边对穿着白围裙的女服务员说：

"过了今天，我就要跟木马告别了。"

"你不要吓唬我呀。"

"踏破铁鞋我终觅仇敌，要真是这样就好了。"

木马如同跷跷板一般晃来晃去，眼看着又开始旋转了。

刚刚拿着红旗的"小姐"不见了人影。

不过，男人按照红旗上的约定，当晚在水族馆三楼等了两个小时。

打从刚才旁边就有一个扎辫子的女孩低着头，一直在偷偷地笑。笑着笑着，她把身体朝着男人靠了过去，然后一只手撑在男人身上：

"你可真呆呀！"

"什么？"男人不由得大声问道，"原来是你啊，居然扎了辫子。开玩笑也不看看对方是谁。"

"短发实在太引人注目了。话说回来，你是不是觉得短发更

① 此处歌词出自二村定一《想你》歌曲中结尾部分。

27

好看?"

"辫子是假发吗?"

"我随时可以摘下来哦。你不要那么大声,观众席里有警察呢。"

"无所谓啊。我们去向岛那边,听听世道变化之后浅草的故事吧。"

"可是……"

"你有更好的地方?"

"不能去向岛!在这里我被追捕着呢,陆地上寸步难行啊。"

"陆地?你真当自己是个人物呢。"

"船上不行吗?"

"哦?原来你有这种癖好。"

"不过,我有点害怕。"

"大白天的,你别捉弄人,你有什么可怕的?"

"我可不是怕你。我向来以半个男人自居,根本不怕男人。可是我姐姐为了一个男人,相思得发了疯。我毕竟是她妹妹……"

水族馆

十

"浅草是东京的心脏……"

"浅草是人性的市场……"

这是添田哑禅坊①曾经说过的话。

"浅草是众人的浅草。所有东西都以原初的形态被放置于此。人类的各种欲望,毫不掩饰地舞动着。各个阶级、人种交织成为巨大的洪流,从早到晚,无边无际、深不见底地涌动着。浅草是有生命的。大众无时无刻不在前进。大众的浅草总是将一切旧有的模型熔化之后,重新熔铸成为新的模型。"

在这个大熔炉里,水族馆也被逐渐改造成为最新潮的模样。

公园第四区内被遗留下来的昆虫馆和水族馆,如同浅草怀古的纪念。卡基诺·胡里奥剧团的舞女们,从水族馆里游动的鱼群前面经过,从龙宫城模型旁边进入剧场后台。巴黎归来的画家藤田嗣治②带着巴黎女郎雪子夫人,一同观看歌舞剧演出。

如果说,"日本西洋爵士乐合奏歌舞剧"这种杂糅节目,代表着一九二九年的浅草的话,那么东京唯一一家专门表演西洋舶来的摩登歌舞剧的卡基诺·胡里奥剧团，则与地铁餐厅的尖塔一起，代表着一九三〇年的浅草。

色情、荒诞、速度、时事漫画风格的幽默、爵士歌曲和女人的腿。

不过，三楼的观众席并没有满座，所以没有人听见弓子和男人的对话。

"看来是因为有这样一个为情而痴狂的旧时代的姐姐，你才拒绝走姐姐的路，变成了新时代的不良少女，是这样吗？"

"你看我像那样的女孩吗？"

"别再装腔作势了！不嫌麻烦嘛。以前公园里的女孩都是急性子的。"

"就是嘛。我也想像她们那样，想喜欢哪个男人就喜欢哪个男人。如果真能那样，不知道过得有多开心呐。你仔细观察观察我，就会发现，我不是女人。因为看见姐姐变成那样，所以我从小就发誓，绝对不会成为女人。结果怎么样？男人都是窝囊废，谁也不把我当成女人了。"

> 就像那样啊，繁华的道顿堀。
> 霓虹灯的街市，熬夜的麻雀……

从地下室卡基诺·胡里奥剧团自营的餐厅里，传来收音机播放

---

① 添田哑禅坊（1872—1944），演歌大师，被称为"流行歌曲的鼻祖"。
② 藤田嗣治（1886—1968），西洋画画家。

的《浪花小调》，比起舞台演奏席上的爵士音乐还要嘈杂。

舞台上正在上演《伴游男孩》的第四幕《新宿车站的站台》这一场。

"喂，这里的女演员怎么大多不穿袜子呢。是因为买不起吗？还是说穿袜子的话，就像是在干坏事？"

"你想到哪里去了，难道你以前是不良少年吗？这里的舞女都是十四五岁的女孩子，最大的不过二十岁。等她们回家的时候，你注意看。如果是堕落女子的话，谁会穿着皱巴巴的便宜衣服去那些脏兮兮的红豆圆子甜品店啊。她们不穿袜子，那叫'无袜'，是故意露出双腿给观众看的。她们不会在手上、腿上涂粉，天热的时候，蚊子叮过的红点都看得一清二楚。"

弓子突然好像很冷似的，缩起肩膀，抬起膝盖上的白绫围巾，包住白皙的面颊，低声说道：

"我每次和男人在一起的时候，就会掂量掂量自己。天平的一边想成为女人，另一边又害怕成为女人。于是，情绪就会失控，越来越觉得寂寞。"

"是吗？现在怎么连搭讪女孩子的话都变得这么无趣，这么转弯抹角的。刚刚舞台上还在说'我要去有食物和享乐的世界''请你唯物地爱我'这种话呢……"

十一

一，爵士舞"媞媞娜"。二，杂技探戈。三，荒诞小品"那孩子，那孩子"。四，舞蹈"鸽子"。五，喜剧歌曲——共十一个节目，对了，幕间转换场景时，帷幕不落，只是灯光转暗，舞女们在舞台侧面忙乱地换装，上身裸露也都顾不上。

还有，第六，爵士舞"银座"。

......
　　腰带一般的狭路上，
　　水手裤、墨描眉，
　　伊顿短衣①令人喜，
　　蛇皮纹木杖来挥舞。

歪戴着丝绸高礼帽，身穿黑天鹅绒马甲，扎着红色领结，白色衣领敞开，腋下夹着细手杖。这当然是女演员的男装打扮，她们赤脚站在舞台上，与身着短裙、没有穿袜子的女孩子们挽着胳膊，一边合唱《当代银座小调》，一边装作在银座散步的模样跳着舞。

那边黑暗中，又开始了"深川活惚舞"②。两个身上只穿一件浅青色短褂的英俊少年在舞动，而女孩们的辫子则随着舞蹈的节奏摇摆。

"我这个旧时代的人，好像也看懂了。"男人这样说着，似乎此时才被舞台吸引。

"那个小个子，跳得很好啊。"

"当然跳得好啦。听说她奶奶是舞蹈师傅呢。"

---

① 原为英国名校伊顿公学的男生制服，长度及腰。
② 一种合着大众歌谣的拍子起舞，轻快而滑稽的舞蹈。

"小龙!""花岛!"观众席上不停有人喊着演员的名字。

"这么受欢迎呢。哪一个是小龙啊?"

"梅园龙子,就是那个小个子。不过她才十五岁哦,你失望了吧。"弓子突然深深低下头,把脸埋在白绫围巾里。

"那个什么活惚舞,可不怎么样。像我这种在平民区长大的女孩,看了就会想起很多小时候的事情。而且她们还扎着小辫子,这样跳舞太狡猾了。男人看了,心里骚动;女人看了,莫名悲伤呢……"

"所以你才戴着辫子假发来的吗?"

"辫子最看不出是假发了。而且如果遇到不像你这样的,而是更加老实的人,我就会真的变成扎辫子的小女孩。你可能不喜欢这个类型,不过你看了这里的歌舞剧,难道不会想起日本馆和金龙馆吗?河合澄子站在舞台上向观众席挥洒名片,初中生一队一队被从日本馆拉走。那时候歌剧多么辉煌啊!"

"什么?难道你当我是当年的追星族吗?太小看我了吧。"男人似乎很惊讶。

"那时候的事情,我可不知道。我才刚上小学呢。十几年前的事情了,姐姐发疯之后五六年吧。姐姐的恋人是浅草人,所以我才到公园来,想见见那个男人。"

"是吗?见到那个男人的话,想替你姐姐报仇吗?"

"正好相反。姐姐太可怜了,我大概也会喜欢上那个男人。令姐姐发疯爱恋的人,我也想疯狂地爱他一场。当然,我还是替姐姐惋惜,我也曾经想过这辈子都不做女人。可是转念又一想,小时候的我,多么羡慕姐姐的爱情呀。那时候,我把自己当成姐姐,练习如何谈恋爱。所以，不管发生什么事情，我都想见见那个男人。"

"你不是说要去船上吗？船呢？你姐姐的这些怪事跟我没什么
关系……"

"也不一定没有关系吧。等到了船上，我给你讲更奇怪的故事。
再过个四五天，就约下周二吧。"弓子把一张纸条递给男人。

"纸条后面有地图，我会把船停在那里。三点哦！"

说完没多大一会儿，她就在男人不注意的时候从水族馆消失了。

十二

"第九十八凶。哼！

欲理新丝乱

闲愁足是非

只因罗网里

相见几人悲

原来观音菩萨的签，这么文雅呢。"

签的背面用铅笔画着地图。舞台上正在上演最后一幕。

（某某）摩登男子。

（某某）摩登女郎。

所有演员一边合唱着翻唱版的《摩登小调》一边跳着舞。谢幕
结束了。

可是，弓子不知去了哪里。男人坐在原地不动，直到所有观众都已离场。

人散之后，这里的墙壁、椅子、地板上散发出来的乞丐的气味弥漫开来。各位，我这不是比喻。歌舞剧团创办之初，水族馆里有很多乞丐和流浪汉。他们眺望着现代妆容的裸体舞蹈——这幅奇怪的风俗画正是浅草的图景。后来，大学生和常光临银座的人们才陆陆续续涌向这里。

不过，各位至今仍然会发现一些来历不明的男人，满脸污垢、胡子拉碴，戴着口罩，衣衫褴褛，每晚必定站在观众席左边的柱子后面，手臂交叉抱在胸前，仔仔细细盯着舞台上的爵士舞，看得入迷。

剧场外面，三五个人冷飕飕地站在那里，等着看舞女们回家。男人右手一直攥着神签，呀呀嘴巴，回头看去。门口处一排红旗，美人鱼的雕塑立在那里，上面还有用石膏制作的鱼在游动。

"看来，我这张脸在浅草也吃不开了，竟然被一个小姑娘给看扁了，还给我准备一张地图，也太周到了吧。"

的确，从这里到河边，根本不需要地图。弓子给的地图，三两句话就可以说得明白：从浅草寺东口的二天门出发，沿着二天门大道，一直走到大河即可。

穿过电车道，河边是山之宿街，河岸正在施工，是浅草公园修缮工程。左边是言问桥，右边则是东武铁道施工中的铁道桥。岸边停着二三十艘小船。其中一艘红丸号，船尾写着红字"红丸"。其实不必这么啰唆地说明，从二天门就能看到河岸。地图正面的神签上写着：

"候人，未至。"

所以，星期二那天，男人故意在约定的三点钟过后才来到河岸。到了岸边，他吓了一跳，赶紧躲到树后。河里二三十艘船，其中一艘船的长篙上晒着一双女人穿的、长长的黑丝绸袜子。这和其他船上晾晒的衣物相比，实在过于显眼，怎么会做了一个这么大胆的记号呢？

男人凭借着多次穿越血雨腥风培养起来的敏锐直觉，意识到这是一个危险信号。

"好啊。你想把我引上船，我才不怕呢。"男人光溜溜的脸上露出一丝笑容，他踩着石板，向着公园施工新填埋的土地走过去。一个戴着钟形帽的年轻男子走近他。

"先生，您拿的是观音菩萨的神签吗？"

"是你啊！"

"嗯，人正在红丸号上等您。"

"你不是船老大吧。"男人拿出五元纸币。根据对方收钱的方式，他能判断出对方的意图。

"一点心意，算是酬谢你的辛苦。"

"谢谢您，不过，船钱已经付过了。请您上船吧。"说完，他把一块细长的木板搭在混凝土河岸和红丸号之间。男人踩着木板上了船。

之后，男人看到的是，在狭窄的船舱里，弓子抱着被子，睡得正香。

短发凌乱，让她的额头看上去更显稚气。睫毛和嘴唇格外鲜明，仿佛各自拥有生命。鲜红色的裙子没有过膝，也没有穿袜子。双腿交叉在一起，如同桃红色贝壳工艺品一般的脚底向上翘着。火炉里炭火的光芒，从脚底这边隐约照亮了她的睡姿。

银猫梅公

十三

大概在红丸号离开山之宿河岸的时候吧。

"这里是每年定例的募捐锅①。请为穷人们施舍一些过年的年糕吧。"听到救世军女士官的呼喊，我回过头去，不由停下脚步。就在雷门派出所旁边，商店街入口那里。派出所的屋檐上印有银杏图案，后面是公用电话、邮筒和募捐锅，旁边是"善之镜"，与镜子并排的是告示栏。

我看见了告示栏黑板上唯一一个告示：

　　至花川户集合！红座

我的笑容映在"善之镜"中。黑板边缘上用油漆写着"象潟警察署""大家的告示板""在乡军人浅草分会"等字样。

我周围已经围了一群卖日历的孩子，缠着我。

"在派出所旁边的商业街这么热闹的地方，竟然公开张贴出来，反而没有人会觉得奇怪。他们依旧在玩心理战术呢。"我嘴里这样嘟囔着，决定去花川户看看。

大江户时代，花川户这个地方因侠客助六②而闻名——各位，我虽然不是红团团员，不过我知道"花川户"是他们的隐语，指地铁餐厅。源自昭和四年秋，修建地铁餐厅时，曾经使用"花川户大楼"这个名称。

当年浅草的十二层塔楼③在关东大地震中拦腰折断。现在的地铁餐厅大楼，虽然只有塔楼一半的六层，也有四十米高，是浅草地区唯一一幢配备电梯、可以观景的大楼。

当然，从这幢观景大楼，可以俯瞰到弓子等人所在的红丸号。不过，如果没有人递信号的话，不可能看清楚船老大的表情。此时，红丸号正驶往言问桥方向，船老大站在船头，脸色惨白。也许是因为男人驯服了弓子，这令他嫉妒。

男人上船之前说过"你不是船老大"。的确如此，他并不是船家，而且曾经进过川越少年劳教所两三次，是典型的不良少年。

他叫梅吉，并非自甘堕落进了红团，而是因红团搭救，才从长年的噩梦之中觉醒过来。

下面，我给诸位介绍一下梅吉的忏悔，他可以说是浅草一带盘踞的犯罪少年的典型。首先看看他在恋爱方面的忏悔。

其一，梅吉六岁那年，被一个四十多岁的女人玩弄了。

其二，梅吉十三岁那年，在学校前面的文具店外玩耍时，与比

---

① 日本救世军出于互助目的，每年岁末在街头设置的募捐用锅。1919 年，由山室军平仿效美国救世军创建。
② 相传为江户时代前期的侠客，居住在浅草花川户。
③ 正式名称为"浅草凌云阁"，"十二层"是民众对它的昵称。1890 年竣工，成为浅草的标志性建筑。

他年长的少女好上了。少女是公司职员的女儿。梅吉被邀请去了少女家里，当时少女的家人都不在，两人谁都没有因为害怕而发抖。之后，梅吉又去过三四次，谣言四起，少女一家遂搬去了很远的地方。

其三，梅吉十四岁那年，在点心店前的纳凉长椅上，结识了杂货店家的姑娘。二人一起去上野公园、庙会、小饭店，一共二十几次。

其四，梅吉十五岁那年，在浅草公园的电影院里，认识了坐在他旁边的两个姑娘。他和其中一个在另一间小屋里见面，之后被带回家。那房子有两处入口，门都是嵌着玻璃的拉门。

其五，同一年，梅吉去了更大的房子。在他假装睡着的时候，一双白手从他的钱包里拿出一枚五十钱的硬币，放进了挂在壁龛立柱上插着一枝花的花篮里。等女人离开之后，梅吉发现花篮里五十钱的硬币一共有十七枚，加起来是八元五十钱。他拿着那钱回了家。

其六，同一年，一个十七八岁的姑娘领着十二三岁的妹妹在浅草看戏。妹妹察觉到一旁的梅吉对姐姐干的事情，就把姐姐拉出剧场。他跟踪她们，发现两个女孩是租书店老板的女儿，从此他常去借故事书，邀请姐妹两人出门六七次。后来，女孩的母亲禁止女儿外出。

其七，同一年，梅吉和浅草中餐馆的女招待四处游玩了四个月，为了筹钱，他成了浪荡大哥的"男童"。

其八，同一年，他从家里有两处入口的一个女孩那里卷走了一百五十元。女孩是自愿的，她父亲搞赛马，梅吉知道她家时常会有巨款入账。

十四

梅吉的恋爱经历，自十五岁开始，犯罪色彩日益浓厚。如果在此一一罗列出来，恐怕会惊醒各位在温暖被窝里做的美梦，我还是就此打住吧。

每日有温暖被窝的各位，我在这里要说说"螳螂男孩"，他算是浅草无家可归的少年当中本事很大的。据说他既不会把坐垫叠放起来，也不知道叠被子。要是让他收拾，他就会把坐垫和盖被一起卷成一团，因为他从来没有用过这些东西。

不过，螳螂男孩不像蔬菜店的阿七那么愚蠢。他深谙少年刑法（作者注：现行少年法之前的法律），尽管被警察抓去二十几次，甚至被流放到硫磺岛，他依然在检察官面前斩钉截铁地说道：

"十五岁之前，我是不会停止干坏事的。"

他遵守了约定。十五岁那年，他被送上岛，之后，他开始认真工作。据说还拿回来一袋如同米粒一般美丽的贝壳，送给在浅草一直关照他的收容监护员。

诸位可以在浅草，试着拉住一个无家可归的小孩，问问他：

"你父母是干什么的？"诸位一定会被意想不到的回答吓到。

"我还没有父母。"

"什么叫还没有？"

"嗯，我朋友新公，前两天有了父亲。不过我还小，所以还没有。"

即便他们有父母，也有被子铺盖，诸位也须明白孩子的教育和监护，在这年代已成了一种奢侈。

诸位都知道，浅草的流浪汉是靠讨要饭店的残汤剩饭过活的。但是，贫民、工人又到流浪汉那里，用两三钱买他们吃剩的东西充饥，这件事情诸位是否知道呢？世道如此，光是警视厅管辖之下就有四五万名犯罪少年，又有何奇怪？

他们当中很多人，之前都曾经是小伙计、店员、学徒、服务员、童工这样的劳动者。

比如，你可以到浅草公园，偷听半个小时左右那些看孩子的女佣们聊天。

谷崎润一郎曾经说过：

"如果确实如此，那么今天的日本是什么？今日的东京市又是什么？今日的日本社会，今日整个东京市不都是一个不良老年吗？在这些不良老年之中，唯有浅草公园是不良少年。虽说都是不良，可少年有活力，又亲和，是进步的。"

另据《朝日新闻》报道，昭和四年大年夜，从十一点五十分开始，东京广播电台在浅草观音寺境内设置两处麦克风，向诸位播放参拜神社的游客们的脚步声、铃铛声、香资箱里钱币落下的声音、祭拜时双手击掌的声音、一百零八下钟声、鸡鸣等，来营造除夕夜的氛围。

我也很想让红团团员在麦克风前面集合，让他们齐声高呼"一九三〇年万岁"。我的计划暂且不说，这经济大萧条之年，说来还是"东京的心脏"浅草最能代表除夕夜的氛围，所以电台才会设此直播。

据说浅草有乞丐专属的小酒馆。一群乞丐把赤裸的女孩子放在餐桌上，让桌子不停打转，然后边看边喝得烂醉。

另外，驹形桥附近的一处房子里，在搞清元调①的排演会。聚集而来的都是些可疑的皮条客。十六七岁的姑娘露面之后，一句"请多关照"之后也没弹奏三味线，干了酒之后就散会。

雨夜，拉客的从本所一带的简陋小旅馆出来，拿着粗制的油纸伞，到小戏院的屋檐下、寺庙的土墙边招揽流浪汉。不良少年们或隐或现地跟在女艺人后面，直到她们进了艺伎酒馆。

不过，浅草的可怕之处并非在此，也不在午夜两点的奥山②，而是在于秋去冬至，吉原的酉市③、观音寺的年货市场、除夕夜拥挤不堪的人群中。梅吉究竟为何会被卷入这罪恶的旋涡之中，最终堕落成为"银猫梅公"的呢？

十五

梅吉绝口不提父母的事情。估计是私生子或者孤儿吧。要不然就是父母虽在，可是还不如没有的好。

十三岁的时候，梅吉到下谷龙泉寺町的雨伞店做学徒，就是女作家樋口一叶在小说《青梅竹马》里描写的地方。伞店的老板娘一

---

① 日本说唱艺术"净琉璃"（在三味线伴奏下说唱）的流派名。
② 俗称，一般指浅草二丁目、金龙山浅草寺背后的区域。
③ 每年11月酉日，在日本各地的鹭神社进行祭典时开设的庙会。

直卧病在床，梅吉不愿意看见她骨瘦如柴、脸色惨白的样子。而且她家里有七个孩子，都不停地使唤他。三天过后，梅吉离开了那里。

之后，梅吉到神田的一个酒店做伙计（如前文所述，十四岁时，他和杂货店的女儿好上了，那是他第二次恋爱）。为了那个姑娘，他在酒店的钱上做手脚，结果被赶了出去。

后来他在浅草公园闲逛时，被卖报纸的小孩叫住，开始和他们一起卖报。可是不到三个月的工夫，他就跟卖报的大哥打架，弄得浑身是血，结果又被赶走了。

浅草公园里的乞丐收留了他，在驹形河岸的大垃圾场——乞丐们称之为"吾妻宾馆"的地方住了三个晚上后，他从本所、深川一带出发，一直流浪到千叶县附近。

梅吉总是说："这半年的乞讨生活，最是快活，没干任何坏事。估计我这辈子都不会再有了。"

后来，他又回到浅草，给在大道上卖戒指的印度人做托儿。印度人把他当成女孩子一样宠爱。可是他最后还是跟印度人分手了，临走放话说：

"蠢货！你要是想跟日本人好，先把自己的身体换个颜色再来！"

梅吉跑到浅草车站呆坐，一个和蔼可亲的老爷爷把梅吉带回了家。老爷爷是有名的捕猫人，不久就被警察抓走了。其他的捕猫人收留了他，他成了徘徊街头的捕猫学徒。

一旦发现猫，先把用绳子绑好的麻雀扔过去。见麻雀不停振翅，猫飞扑而来，他就一点一点地把绳子收紧，引诱猫过来。然后趁机一下子把猫抓住。最后这个动作是否干净利落，是成败的关键。

抓住猫之后，马上就将其打死。然后到公园的暗处或者河岸的隐蔽处，生剥猫皮。剥下来的猫皮藏在和服里，缠在腰上，高价卖给三味线店家。

两个人居无定所，走到哪里就找那里的简陋小旅馆住下。

这一年，梅吉加入了浅草不良少年的团伙，他虚岁十五。

没过多久，两个捕猫人被吉原日本堤警署给抓了，梅吉因为还是孩子，没受什么处罚。

于是，他又重回浅草，但他觉得警察暂时应该记住他了，于是他没有重操旧业，而是加入了冒牌孤儿院的推销团伙。他们装作孤儿，四处强行推销文具。过了一段时间，梅吉又结识了卖药的学生，听说卖药赚得更多，于是他马上变身成为推销药品的苦学生。不仅荷包鼓了起来，那身中学生的制服和帽子，也更加方便他勾搭女孩子。

就这样，不知从何时起，就连外号都从"捕猫的梅公"升级成为"银猫梅公"。

如今，他加入弓子的红团，年龄也可以假冒大学生了。不过，他现在走上了正道，跟着美发师做学徒。就在明公的姐姐，那个"时髦疯女子"清晨梳妆的那家美发店，是弓子让他去的。

为此——

"握握手。碰一碰。说说话。'节目单掉地上了！'全力追求。'宝贝，真是没想到啊。'跌倒。送回家。询问。出手大方。纠缠。追赶。'谢谢！给你毛巾。'"这种老一套的"泡妞技巧"，此刻梅

44

吉正打算全数发挥在一个女孩身上。

地点是在表演安来调的玉木座剧场。可女孩毫无反应。

当压轴的《银座小调》响起，伴着日本西洋杂糅的爵士乐合奏，八个身穿长袖和服的舞女开始演唱：

　　银座、银座，我爱你，银座。

女孩咬着嘴唇低下了头，睫毛已经湿润。

梅吉看在眼里，心想"太好了！多纯真的小姑娘啊"。他想轻轻搂住女孩的肩膀。

十六

女孩冷冷地站起身，头也不回地走出小剧场。

不过，梅吉对自己的手腕有信心，据他推算，女孩已经是他的囊中物了。因为他今天化身成为大学生，戴着方角帽，穿着和服裙裤，虽然帽子上的校徽图案有些模糊。

据说，塔希提岛的姑娘们想要情人的时候，就在右耳边插一朵白花。而在浅草，虽与遥远南洋的岛屿不同，不过姑娘们鬓角上插着的蔷薇假花，也表现出她们的脆弱。同样一朵红蔷薇，有时也是不良少女的标志。

当然，在浅草公园，所谓硬派的"义团"时代已经过去，如果各位家中的孩子们自以为是地斜戴着帽子走在街头，就会被叫住：

"喂，你过来。"

说不定还会被勒索："你是谁家的少年？"他们说的"少年"是指追随者、喽啰的意思。

话说这个女孩穿着发旧的薄毛呢，系着脏兮兮的和服腰带，只有人造丝做的腰带背衬还很新，绑在高腰处红红的一大片。另外，她脸上化着浓妆，反而让她看起来莫名地悲伤。可见她心里也有软弱之处，梅吉只要抓住它就行。

所以，他从口袋里掏出一条女生用的手帕，追上女孩，亲昵地说：

"这个是你掉的吧。"

"是啊，谢谢啦。"

"欸，你不是刚刚在玉木座坐在我旁边的女孩吗？"

女孩把手帕塞进袖兜，快步走了起来。梅吉好像有点吃惊。

"在玉木座的时候你满眼都是泪水，我都看见了。是有什么悲伤的事吗？肯定是出来擦眼泪时把手帕弄掉的。你看，手帕都被泪水打湿了。"

"你是好心，要听我说说那些悲伤的事情，对吗？"

"嗯。"

"看来我抢先说破你的企图了。"

"喂！你……"

"让我还你手帕吗？我收着也无妨吧。你口袋里一定还备着三四条吧。你还是去找更好骗的女孩下手吧。"

"哈哈，看来我小看你啦。但这反倒更有趣了。反正那手帕擦擦眼泪时还用得着。"

"真是呢。"

女孩掏出手帕，装作擦眼泪的样子。

"那个《银座小调》，我每次听的时候都莫名会哭。"

"你也是银座病患者吗？"

"你看看玉木座那个地方，无论是安来调、小原调，还是相声，所有节目都像是把艺伎叫到宴席上一样，又是起哄，又是打拍子叫好。简直像是工人和泥水匠的宴会。相较之下，一旦'银座、银座，我爱你，银座'这爵士乐唱起来，大家都瞬间安静下来，像是乞丐来到了贵人面前一样老老实实的。银座到底是什么地方？到玉木座来的观众，跟银座有什么关系？他们当中肯定有很多人连银座是什么样儿都不知道。就好像银座的小姐们不知道浅草一样。想到这点我忽然就很不甘心。"

"你这话，怎么听起来像是受到了信奉特定主义人士的影响呢。"

"你是'银猫'吧。"

"哦哦，看来我是年老迟钝了，竟然没看出来。你的头发是假发吧，和服也是借的。本来是我钓鱼，结果反而被钓了！"

"我现在要去把借的都还掉，你陪我一起去吗？现在你看明白了，还要引诱我吗？"

"如果你的确是个女人的话……"

"这个要你自己确认了！"

十七

玉木座的女孩也是弓子假扮的。

日本人究竟是否有化装的爱好呢？我记得在镰仓海滨宾馆举办的化装舞会上，出席的日本人没有一个是化装的。

可是，今天的银座有很多出租衣服的商店，也就是化装屋。我曾经一时兴起，信笔写过。可转念一想，银座只要化妆就够了。那里没有那么多阴暗之处，因此无须化装。

化装说到底还是浅草之物，不必瞪大眼睛四处寻找，到处可见化装之人。

附近徘徊着许多女扮男装的流浪女子，那种人可以一笑而过。但是擦着厚厚的白粉，戴着日本发髻的假发，一身红衣，男扮女装的男子与男伴在观音寺后面昏暗的小路上，快步而过，消失无踪，这景象让人如同看见了怪异的蜥蜴一般，不寒而栗。

即便不在那种昏暗的小路上，在浅草闹市中心，也有气派的衣服出租店兼化装屋，红字闪亮的霓虹广告灯高挂在屋顶上面。与其他地方的衣服出租店不同的是，他们经常出入剧院和曲艺场馆的后台，店里从假发到手枪，无所不有。

弓子曾经说过：

"我就像是商店橱窗里的模特。交着押金，付着租金，没有比我更好的广告宣传员了。当然，等红团团员杀到吉良宅邸 ① 去的时候，他们会帮我备齐所有装束。只是昭和时代的天野屋利兵卫 ② 有点贪心，让人为难。"

---

① 1703 年 1 月 30 日，原赤穗藩的 47 名家臣攻入位于江户本所的吉良上野介宅邸，为主君浅野长矩报仇。这就是日本历史上著名的"赤穗事件"。
② 天野屋利兵卫（约 1662—1727），日本江户时代中期大阪的商人，曾向赤穗义士提供武器，给予支援。不过此说是否属实，尚不确定。

这家化装屋以及光顾的客人，我下次一定向各位介绍。

这些暂且不论，总而言之，被弓子化装骗过的梅吉，最终在弓子的劝说下，走上了正路。当然，他在选择职业的时候，化装的吸引力仍然发挥了很大作用。他首先想到的是：

"要是外科医生的话，我也可以试试。"

"哦，你是想做手术吧。不愧是银猫呢。忘不掉活剥猫皮的感觉，所以想把人像猫一样料理吗？"

"把人的肚皮一字刀划开，趁着血还热的时候，开始一层层剥皮，那感觉应该不错。要是当外科医生不太可能的话，那就做厨师，或者美发师吧。"

就这样，梅吉成了美发店的住家弟子。

外科医生、厨师、美发师，这三者有一个共同之处。那就是雪白发亮的金属器具，特别是锋利的刀具。

像他这样在社会最底层载沉载浮，却并没有沦落成为流浪汉或是四处乞讨的乞丐，没有在浅草的垃圾箱——"虚无的另一天地"里沉睡不醒，可以说多亏了他留恋着这种"锋利的刀具的味道"。这种感觉是梅吉生活中的一缕清风。

还有那白色的手术服。附近的厨师和美发师，会穿着白色工作服来到浅草公园。那雪白的衣服在拥挤的人群之中分外醒目，不仅如此，又像锋利的刀具一般吸引着平民区的姑娘们。梅吉懂得这一点。

于是，梅吉当上了美发师，他用剃刀给弓子刮脖子的时候，爱上了这个如同锋利刀具一般的女孩。他从弓子身上嗅到了锋利刀具的味道。

所以，受弓子之托，他摇着红丸号的桨，载着弓子和那个花花公子模样的男人。

锋利的刀具容易折断。在冬日阴沉的大河之上，梅吉心里担心着弓子，脸色开始发青。

飞艇与十二层楼

十八

陶炉里的炭火映照在桃红色的、如同贝壳工艺品一般的脚底上。当男人进入船舱的时候，看到的是弓子烤着脚，睡着了的样子。

男人上船的时候曾把船上晾晒的黑色袜子看成危险的信号，如今上得船来，自然松了一口气。船里只有弓子一人。

狭窄的船舱里，不可能藏下其他东西。

"看来还是要卖啊。"男人有点想笑，可是又被那裸露着的、纤细而美丽的双腿吸引了。那双腿洁净得如同少年。

男人穿着朴素的茶色和服外套，戴着同样质地的鸭舌帽。头碰到了舱顶的木板，不过他并没有想坐下来，而是双手揣在怀里，盯着弓子的双腿。

他慢慢适应了船舱的昏暗，感觉视野明亮了些。

弓子大概是觉得冷了，赤裸的双腿，腿肚交叠在一起，小脚趾搭着小脚趾，膝盖后面的两处凹陷的膝窝紧紧挨在一起。

"这不简直就是孩子嘛。"男人心里这样想。的确，那双腿缩起又伸直的样子，很可爱。鲜红色的裙子翻了上去，露出吊袜带，旁边则是丰满大胆的隆起。

突然，船夫梅吉把跳板从岸边抽了回来，砰的一声放在船舱顶上，紧接着，船剧烈摇晃了一下。男人跟跟跄跄倒在船肚上。就在这时，弓子抬起头来。

"哎呀，对不起！我真的睡着了吗？"

她把双腿收了回去，不停拉扯着短裙。难道是明知不可能盖住膝盖，还故意拉给男人看的吗？

她深深低着头，并没有看男人一眼。

"我等你等得好着急啊。天黑以后，河里的船就少多了。没时间慢悠悠了。你帮我把窗子关上吧，我们船老大爱吃醋。"

男人把天窗似的船舱木板门拉上。瞬间，船舱变成了黑暗的密室。男人扑过去，想抱住弓子。可是她并不在那里，男人倒在了被子上。

"我在找油灯。我跟你说在船上等，可没说醒着等你哦。我睡着了不太好吧？可是我真的很困。昨晚忙得没睡觉，化妆盒也弄丢了，上船的时候脚一滑，把袜子也给弄湿了……"

肮脏的矮脚桌上，煤油灯亮了起来。只见她穿着雪白的外套，像大家闺秀似的双手并拢在一起。

"这里没有酒哦。"

"接下来要去哪儿？"

"河上哦。"

"总而言之，我不喜欢猜谜，你能不能明白告诉我，你的目的是什么？让我玩，还是想让我帮忙，你说清楚。"

"这不是很清楚吗？我想试试看，到底能不能喜欢上你。"

"开什么玩笑！"

"你看，你已经喜欢上我了，所以如果我也喜欢你，那不是很好吗？赶紧让我喜欢上你吧！"

"你要是对我有敌意，就像个男人一样爽快点明说。"

"如果我是男人，我一定说。我对你的敌意可大了。可是，因为我是女人，还是有点怕你。你懂吗？"弓子睁大双眼，一直盯着男人的脸。可当汽船靠近，马达声传来时，她又低垂双眼，肩膀微微颤抖起来。

"我呢，很早以前就知道你了。"

十九

弓子低垂双眼——光是这样形容不出那种感觉。她眼睛眨得如此之快，仿佛可以听见眼皮扇动的声音，又能清楚看见掀动的睫毛。这是因为她的眼睛睁得很大，睫毛很浓密，眼白又泛着青色，所以她眼睛睁开又闭上，就如同扇子一般扇动着对方的情绪。

"我呢，很早以前就知道你了。"她重复着同样的话。

男人站起身来，猛地抱起弓子。她坐在男人的膝盖上，把赤裸的双腿伸向炭炉，然后像孩子一样一边整理着白色外套的下摆一边说道：

"是的，就是这个样子。你抱女人的时候，总是这个样子。有件事，你不记得了吗？就在新造好的飞艇在东京上空连续飞行了二十四个小时的那天晚上。飞艇上亮着红蓝两色的灯泡，从地面看上去，真的就像小灯泡一样。天色暗黑，眼看就要下雨了。飞艇从大河上空飞过时，蓝色的灯泡突然灭了，像是流星陨落一样。我正吃惊的时候，红灯也躲到了黑云后面。只要是东京人，应该都记得那两盏灯。那天晚上，在巨大的钢筋混凝土建筑楼上，那个观景台上面，你就像现在这样抱过一个女人，你不记得了吗？"

"你太会演戏，我服了你了。这次，你又像童话故事里的公主一样，自言自语吗？"

"童话故事？还真是。我那时才小学五年级，躲在观景台下面抖个不停，一直看着你们。如今，你就和当年一样又抱起了我。你说我这不是长成了童话故事里的公主吗？我就盼着这一天呢。"

"这么说，当时你看到我如何对待那个女人，在一旁很羡慕吧，索性让你好好回忆一下如何？"

"好啊，你是说你也要对我那样做吗？就像这样，用左手抬起下巴……"

弓子扭过头去，把脸凑到男人近旁，用异常冰冷的眼神抬头望着男人。

"还是算了吧，我不想像那个女人一样发疯，那就没意思了。怎么样？那个钢筋混凝土建筑，你想起来了吗？"

梅吉的脚步声从他们头上传来。

河里的小船，通常船老大的房间都在船头，可红丸号却在船尾。

所以，梅吉在船舱的木板屋顶上，两步三步地走来走去，很不熟练地摇着橹。煤油灯被熏得很黑，火光照着弓子和男人。

"富士寻常小学就在象潟警署对面。你知道吗？"

"哦。"男人不由得上钩了。

"你看，不是童话故事了吧。不过，那个小学的历史还真的像虚构的故事一样呢。新落成的三层楼钢筋混凝土建筑，在九月一日早晨才第一次迎接学生入校，然后当天就遭遇了大地震和火灾。不过，在浅草后面那一带，只有学校的建筑没有被烧毁。所以，我们这些避难的，都住在那里。说到童话故事，当我们在学校屋顶看见浅草十二层塔楼被爆破拆毁的时候，你不也高兴得像孩子似的吗？还记得吗？工兵大队的喇叭，听起来那么明朗……"

"哼，那又怎样？看来你是千代的妹妹吧。"

"还用我说吗？你到底想装傻到什么时候？"

二十

浅草旧时的标志——十二层塔楼，在大正十二年的地震中拦腰折断。

我那时还在读大学，寄宿在本乡。因为一直非常喜欢浅草，所以在十一点五十八分地震发生后不到两个小时之内，我就和朋友两个人赶去了浅草。

听上野山上的人们说：

"真是吓人啊！据说江之岛一下子浮起来，一下子又沉了下去。"

"你看，连十二层那么高的塔楼都咯嘣一声断了。那么多游客在上面，真是作孽啊！全都被甩飞了。我刚刚过去看了，葫芦池里漂的全是尸体。"

路边有很多整箱的鸡蛋被丢弃在那里。我们顺手吃了六七个生鸡蛋，这不能说是偷盗，但也并非是人家给的，我们也没有付钱买。

浅草寺里到处是避难的人，吉原的妓女、浅草的艺伎最为醒目，人群如同凌乱的花海的颜色。

现在想来，当时寻常小学五年级的弓子，也应该在避难的人群之中。

"是啊，当年的我变成了现在的样子，而你又把它写进了小说。真是神奇的缘分啊！"她眯缝着双眼，追忆着往昔的日子。

"可是，十二层塔楼还在时的那个我，到哪里去了？怎么就消失不见了呢？这么一想——随便您怎么写了。即便因此我在公园里待不下去了，我也会在某个时候，某个地方，把这部小说读给别人听的。"

那个十二层塔楼——是的，当我和朋友赶过去的时候，它周围的建筑都在燃烧。火势还没有蔓延到浅草六区的剧院一条街。

我们两个不慌不忙地坐在葫芦池边的石头上，用脚尖哗啦哗啦地拨着水，嚼着饼干，眺望着就在十米之内燃烧的大火。

地震带来的骚动稍微平息下来之后，工兵大队到处进行爆破，清理大型建筑里的尸体。十二层塔楼就是其中之一。弓子在船舱里讲的就是那时候的事情。

"响亮的喇叭声，连小学那里都能听到。一望无际的焦土，虽然四处建有铁皮屋顶的简易棚屋，从学校的屋顶，还是可以看到整个公园。屋顶的塔楼上站满了看热闹的人，大概等了一个多小时吧。炸药的爆炸声传来，只见砖瓦如同瀑布一般哗地崩落下来。对了，楼的一侧墙壁像一把细长的剑似的还立在那里，可马上也随着第二次爆炸声倒塌了。就在那一刻，学校屋顶上的人们一起高呼万岁，然后哄然大笑。因为在那把细剑倒下的瞬间，黑压压的人群一下子跑上了瓦砾堆成的山，真是让人吃了一惊，竟然占领瓦砾山！我们远远看着，真是高兴得快哭了。人们为什么在塔楼倒掉以后要高呼万岁，为什么要跑到硝烟弥漫的瓦砾山上去呢?"

"不要说你的童话故事吊人胃口了。那是小孩子的把戏。"

"也不是啊。你突然和人分手与突然爱上某人，其实是一样的。"

"你说什么?"

"就是啊。那时候，你不是经常半夜里用盛饭的勺子，敲我姐姐的头，把她弄起来吗? 我每次睡醒的时候，发现自己躺在冰冷的混凝土上，我就想啊，无论把我怎么样都可以，只要买下我的人家里有榻榻米就好。当时我睡的地方，三面都是烧过的铁皮，屋顶只盖了张草席……"

大正大地震

二十一

也许是红丸号已经快到言问桥了吧。车轮声、警笛声从头上传来。脚步声如同雨点一般。

弓子坐在男人的膝盖上，随着船一起摇摆。

"我曾经是个货真价实的女孩子，比现在有女人味多了。你肯定不记得了。在那个适合洗晒、秋日暖阳的日子里，被混凝土建筑包围的中庭里。是的，那里四周一圈都是教室，正中央是如同桶底一样的院子。教室的窗户和窗户之间拉着好多根细麻绳，上面晒满了毛巾，就在中庭的院子里。因为是配给的，所以都很新，一模一样的。毛巾上有两条红线，单是看了那红线，我眼泪都流出来了。满院子都是鲜亮的红线在飘扬。那颜色，渗到了我这个女孩子的心里。你知道吗，那时候到处都是大火过后坍塌的墙壁、瓦砾、烧断的电线、烧得生锈了的铁皮、飞扬的尘土。就算是看见有人被用铁棒打死，看见双胞胎生在道路中央，看见马的尸体和人的尸体一起在大河上漂流，就算是三天没有吃的，在那个时候也都是稀松平常的事情。即便是恋爱，也和平时不一样的。"

58

如今，昭和五年的春天，东京已经华丽地复苏了。崭新的东京是在那次地震中诞生的。当然，浅草也在地震之后获得了新生。

不过，浅草寺的权僧正 [1] 在《浅草寺缘起》的序言中这样写道：

"金龙山浅草寺观世音，于推古天皇三十六年，显圣于今隅田川一带。至今本山已有一千三百余年历史，成为皇国稀有之灵刹、国民信仰之中心，恩惠日新，福泽众生，每日参拜者平均不下五六万之众。昔日大正十二年大地震之际，业火将帝都大半化为灰烬，堂塔伽蓝连同十余万避难者悉数为猛火包围，焦热苦狱行将出现。本尊萨埵施展妙智法力，阻挡狂傲之烈焰，挽救众生与寺院于猛火之中。其灵验之显著，令人无不正襟而深发尊信皈依之心。自此之后，内外信徒竞相访此灵验之地，欲知本山缘由者骤然增多，亦势之必然也。"

所以，观音堂那个有名的功德箱长一丈六尺三寸五分，宽一丈四寸六分，高两尺三寸，箱口横木有十九根，箱底有地窖。据寺院统计，昭和四年十月一个月收入香钱一万六千零二元，香花、蜡烛、神签、祈祷费用累计五六千元。昭和三年夏天开始维修本堂，计划历时三至四年，工费总计六十余万。这些钱都来自善男信女的布施。

弓子曾经对我说："如果地震的时候，观音寺救了十多万人，那我也是其中一个，这样按人头平均算下来……"

"救一条命的费用是六元，但当时哪里顾得上算这些呢。宫城

---

① 权僧正是僧官的最高级别，僧官分为大僧正、僧正、权僧正三级。

那边接连三声警报炮响，十二层塔楼和花园都被烧毁，火海蔓延到吉原一带，又转向东边。下午两点左右，浅草寺的小佛堂纷纷起火，南面大火又从藏前沿着河岸烧过来。我当时还去拜了僧正呢。当时我逃到传法院的院子里，老僧正坐在草坪的藤椅上，看见观音堂被烟雾包围，忽地站起身来虔诚诵经。于是，风突然小了，观音堂的烟也散了。"

那天是九月一日。据弓子说，老僧正春天从印度回国后一直身体不适，于当天早晨如厕途中突然晕倒了。

二十二

说是早晨，其实是午夜一点的传法院。老僧正起夜经过走廊时突发轻微脑溢血，倒在地上。五点过后，他才从昏迷中醒来。而弟子们直到天亮，都不知道发生了什么。

那天中午，大地剧烈晃动。弟子们背着僧正，逃到池塘边的草坪上。

没过多久，就连老僧正病房的隔壁，连大殿住持书斋的廊檐之下，都挤满了避难者，水泄不通。

虽然一山二十四个分院都被烧毁，但浅草寺仍然收容了一万五千人。

六十余名僧人，袈裟、僧衣、白衣全被烧光，只剩下六七条轮袈裟①。他们穿着脏兮兮的浴衣和洋装，照顾避难的人们。

---

① 挂在脖子上的围巾式袈裟，宽六厘米左右，天台宗、真言宗、净土真宗僧人常用。

浅草寺医院、浅草寺妇女会馆、浅草寺保育园、浅草儿童图书馆，这四幢建筑位于浅草寺内，如今包含在浅草寺六项"社会事业"之中其实就是地震之时救助精神的一种留存和延续。红丸号上的时公就读的浅草寻常小学，位于观音堂背后，现在仍然可以看到地震时候的痕迹。

九月四日早晨，军队开始给寺内的难民发放食物。

九月八日，富士寻常小学把烧断的残垣、窗玻璃、黑板和书桌等大概收拾整理之后，开始接收露宿街头和住在简易棚屋里的人们。一楼到三楼的教室挤进了近一千人。学校学生的定员不过两千名而已。

"那毛巾上的红线，深深印在我的眼底。姐姐是典型的平民家的孩子，睡觉的时候会把两个保平安的铃铛放进放枕头的抽屉里呢。"弓子跟男人说着从前的事情。

"我是地震的女儿，在地震当中脱胎换骨了。在水族馆的时候，我跟你说过吧，我要成为男人，绝对不做女人。几百人挤在混凝土上，没有盖被，只能脚挨着脚睡。在那种情况下，没有女孩子会想当女人。没有自来水，没有电灯。蜡烛一根根熄灭，夜里一片漆黑。我们都跟乞丐睡在一起，这些都是真的。你知道吗？那里有乞丐的，而且是最彬彬有礼的一对夫妻，会半夜悄悄到屋顶的花园去解决需求的，不就只有他们这一对了吗？还有，被你用饭勺敲醒的姐姐，你和她……"

"你一直说疯姐姐、疯姐姐的，是叫千代吗？"

"'叫千代吗？'如果你以为可以就这么蒙混过关，你就大错特错了。话说回来，我倒是真佩服乞丐。最开始有一千人，后来越来越少，那种被遗弃的落寞滋味真不好受啊。"

弓子说的是小学里避难者被赶出去一事。先遭到驱逐的是一楼教室的避难者，因为浅草区公所烧毁后的院子里堆放不下救灾物资，所以让其中一间教室的人搬到另一间教室，腾出地方堆放大米袋子。一间、两间、三间，就这样一楼全部变成了物资仓库。

地震一个月后，从十月一日开始，学校开始复课，因此三楼的教室只能交出来，让孩子们上课了。

与此同时，难民们有的投奔到了亲戚家里，有的回了老家，有的搬去市营的简易住宅，还有的东拼西凑搭建了自己的小棚屋。

就这样，地震四十天后，二楼只剩下五六十个家庭，大约两百多人。

"虽然只剩二楼了，不过混凝土地面很宽敞，秋风吹进教室。我想起来了，大家各自都在教室里搭起了自己的小窝。从焦土废墟中捡来生锈的铁皮，找来草席破布，一家一家地躲进了乞丐小窝。这样越发显得凄凉了，为什么一定要那样躲起来过活呢？你看那对乞丐夫妇，不还是一家三口就铺个席子，一起睡在上面吗？我们也是的，只要不造起那铁皮墙，你也用不着把饭勺从墙底下伸进去，叫我姐姐起床啊。"

二十三

千住吾妻汽轮股份公司——这个名字听上去一本正经，其实向岛大堤一带变成现代风格的隅田公园之后，河里的汽轮仍然还是原来那个如同玩具一般的客船。船行至言问桥附近的时候，船上卖绘本的人会摆出一副船员的样子，像模像样地对乘客们说道：

"下一站是言问、言问。请大家不要遗忘物品。我在此先行告退。"寒暄完毕就上岸去了，那场面倒也悠闲。正因为如此闲适，如今船票已经涨到了五钱，可诸位仍然称之为"砰砰"①的"一钱汽轮"。

更何况红丸号是一艘小破船，起个名字只是为了显得可爱。不过是"船上的时公"拜托喜欢刃具的梅吉，在船尾刻上了"红丸"二字，又涂上朱漆而已。

梅吉借船的时候，时公的阿爸吩咐过，有一类小偷专门偷船上的东西，一定要当心。可是上船来一看，就连梅吉都看不出来这船上有什么东西值得偷。

因此，弓子在男人的膝盖上，时时感到汽轮驶过时小船在波浪里摇晃。她皱着眉头，说道：

"噢，两条腿暖和起来了，还有点不舒服呢。我最讨厌抱着猫啊、狗的，动物身上暖乎乎的，搞得自己的身体也热起来了，那感觉让我不禁发抖。"说完，弓子突然从男人膝盖上跳开，把油灯的灯罩摘了下来。

"把灯弄亮一些吧。"

"你那么讨厌动物的话，那时候跟你姐姐千代分开睡多好啊。"

"嗯，也是啊。"她用手帕握住灯罩，呼呼地向灯罩里吹着气，接着说道：

"我不记得自己曾经摸着母亲的奶头睡觉。那时候就只发了一床垫被，所以我真是吓了一大跳，从铁皮板底下伸进来一个饭勺，

---

① 安装热球式发动机的小型船只的俗称，因发动机的轰鸣声和排气状态而得名。

戳着姐姐的肩膀和头。我当时没有睡着，记得很清楚。姐姐摸了摸自己的脑袋，然后就仰过身来躺着，耸起肩膀，抬起双手，接下来缩着肩膀，快速滑出去了。她手里拿着放在枕边的麻布衬里草鞋。是的，草鞋落在混凝土走廊上的声音，从十米远外的地方传来。周围一片漆黑，整个街上没有一盏灯。过了一会儿，姐姐回来了，你猜怎么样？她不停地发抖，好像在找什么东西。大概是手碰到了我的小辫子，她把辫梢儿的头发塞进嘴巴里，呜呜大哭。"

"你到底在说谁的事情呢？如果是你姐姐的话，你不觉得害臊吗？"

"是啊，所以你看，我把那脏兮兮的头发剪干净了，我真是恨我姐姐！"

"你明明还是个孩子，竟然躲在塔下，抖个不停？那可是……"

"嗯嗯，就在飞艇飞来的那个晚上。不过，你不觉得有趣吗？那个孩子竟把你拉到船上来，代替已经疯了的姐姐，在这里回忆以前恋爱时的故事。"

"那么在这里让你再发抖一次怎么样？"

"真是啊……"弓子脸颊泛红，低着头，心不在焉地擦着玻璃灯罩。

"真是发生了太多事情。警视厅医疗队的医生，不是每晚都喝醉吗？还有那对吵闹的工匠兄弟，半夜里去偷救援物资里的咸梅干，要是哪家的孩子死了，他们就四处为丧事筹集捐款，让大家交个一钱半文的，一会儿又张罗召开难民绝技展示大会，一会儿又招募会员去吉原的遗骨安放堂参拜，最后竟然和三四个男人一起被抓去隔壁的警署，说是赌博现行犯！"

二十四

男人胳膊交叉抱在胸前，倚靠在船舱的板壁上。

"现在你知道我是你以前女人的妹妹了，会不会突然觉得我也像那个女人一样无趣呢。"弓子笑着，像是要扑进男人怀里似的，借着灯罩已经擦拭干净的明亮的油灯，时不时瞟瞟男人。她又踮起脚尖，腰向前倾，把手放在炭炉上取暖。

"嗯。反正我看得出来，你特别在意我对你是怎么想的。"

"如果你知道的话，会不会觉得这样的我很可爱？妹妹可不会连接吻的方式都跟姐姐一样哦。"

"我最讨厌接吻这种麻烦的事情了。"

"我也是啊。可是当时，那些为了打发时间而去赌博的人都被抓了，为什么赤木你没有被抓呢？"

"真是个好孩子，连我的名字都想起来了。"

"是啊，我要做个好孩子，把之前的事情都帮你想起来。你也够笨的，要干坏事，记性必须好啊！"弓子说完，蹭行了两下凑到男人身旁。

"在乖孩子们玩耍的木马馆，你居然轻易就上了我的当，跟着我到大河上的船里来，你是脑子坏了吗？"

赤木像哄小孩似的笑了："你说这个啊。"

"我觉得自己这个傻劲儿挺可爱的。浅草这里，我已经两年多没来了。"

"那是哪阵风把您吹来了？说到风，当年，你不就是被暴风雨吹过来的吗？吹到了姐姐身边。那天晚上，市政府和警视厅的车，从大河上临时架设的桥上开过去了。河东边大水漫到腰间，房子全没了。不仅是东边，各处公园里的简易小屋都被吹飞了。风大得走不了路，女孩子都趴在地上大哭，雨水打在小辫子上，头发上满是泥巴。我们学校因为连窗玻璃都没有，大家在黑暗中，火柴都打不着，只能抱着旧被子四处逃。第二天早晨醒来一看，你居然在旁边。后来，大家把烧过的铁皮、旧木板、破布这些都钉在了窗子上。"

"那些阴森的故事不要再讲了……"

"直到现在我还仿佛听得见敲钉子声，我这辈子都不会忘记的，太让人怀念啦。我说的可不是窗子，当时我们修了整个学校呢。明治维新之后新政府首先着手的就是教育。俄罗斯新政府的第一个工作也是教育。校长讲的话我记得可清楚了。十月一日开学那天，两千多学生来了四百人左右，踩着焦土过来的。学生家里的房子全都被烧毁了。大家你看看我，我看看你，高兴得哭了。学校是我们自己建的，把啤酒箱子的木板拆下来，用钉子重新钉起来——这样桌子、讲台就有了。然后把草席挂起来，用来分隔教室。高年级的学生每天忙着干这些。老师在散发着烟火味的墙上，写着除法公式。黑板实在是做不出来。一个班二三十个孩子，就在墙前面铺上五六张草席，坐在上面。学校变得更有趣了，大家真是干劲十足啊，真的，社会一旦崩溃之后，大家还可以重新振作起来，那么精神抖擞。可是学校开学之后，姐姐越发孤独了。读书的声音、唱歌的声音、体操的口令声一传过来，姐姐就从二楼的窗子向那边看，然后就扑簌簌地掉眼泪。"

"喂！为了你那个姐姐，你要找我的茬儿的话，那就赶紧啊！"

亚砷酸之吻

二十五

　　两个全桐木的衣柜、曼陀林、二尺镜台、黑色条纹乌木的餐具柜、长方形榉木火盆、白木打造的神社模型，旁边装饰着西市集市上售卖的竹制耙子形吉祥物，还有羽毛毽木拍，颇具平民区风情，据说货船上的草棚船舱也可以不逊色于殷实人家的客餐厅。弓子在红丸号上，一边把炭炉里烧红的炭移到草灰已经凝固结块的铅桶里，一边说道：

　　"你在吓唬我吗？找什么茬儿？就说说地震时的损失吧，保险不也才赔了一成吗？而且，我们又没法给姐姐的爱情投保。"

　　"看来你们应该帮千代投保精神病险的。既然这世上没有那种保险，那我也没必要因为别人发疯而负责。如果被抛弃的女人全都发疯……这种事无关紧要了。况且，千代跟我分手时，也没有发疯啊。"

　　"你们在哪里分手的？警署门口吧。"

　　"那是我们这种恶棍之间的规矩礼法。千代在警署没有透露我半个字，我不想辜负人家的好意，更不愿意殉情自杀。"

"好，算我没有白问。"说着，弓子从白色外套的口袋里掏出一个小药瓶，把米粒大小的亚砷酸丸一颗颗倒在手掌里，眯缝着眼睛出神地看着。

"每一颗含有五十毫克的亚砷酸。这一瓶有五百颗，能毒死多少人呢。这个瓶子能使我快乐呢。"

"哼！"

"哎呀，这种时候你竟然还嘲笑我吗？你怎么像风俗博览会上的偶人一样古腔古调呢。你以为我用这种东西吓唬你吗？太天真了！这是我的玩具。不，不是玩具，是我的必需品呢。为了我的皮肤永远白皙通透，仿佛连脚底都晶莹发亮。吃它，也是为了这些啊。刚刚我就一直观察你的脸，心想如果用这个可以杀死你，那也挺开心。因为仇恨而暗沉的心，这样就可以明亮起来了。不过说不定我也会喜欢上自己想要杀的人。不，我不是为了见你才特地带过来的。我不是基本都在公园里混饭吃嘛。"

"你上次不是说，在陆地上被警察追着吗？"

弓子笑了："如果在陆地上，你不是随时可以找机会逃嘛。万一，赤木你以前的手下纠缠过来多麻烦啊。可要是水上的话，我想怎样就可以怎样。这个是我吃饭的时候吃的，所以一直随身带着。公园里，十几二十钱就可以吃饱。在浅草，现在谁还在家里自己做饭呢，那可过时了，又费钱。"

"那东西，给我看看。"赤木伸出本来环抱胸前的手。

"如果我像姐姐一样喜欢上你，那我就用这个了断自己。我一定要见到你，哪怕死了都无所谓，如果你能让我变成女人的话。"弓子说着，轻轻握住男人的胳膊，把六颗亚砷酸药丸倒在他的手里。

"什么死呀死的，都是骗人的，比起光是嘴上说我可以为你死，还是口袋里揣着毒药说，更显得爱得热烈吧。我会让你把这个吃下去的！"

赤木苦笑了一下，想把药丸扔掉。

"不要扔，太浪费了！"弓子把男人手里的药丸叼起，用美丽的门牙咯吱咯吱地嚼碎，满眼令人害怕的笑意，眼睛眨也不眨地盯着男人。然后，突然扑向男人，把嘴唇用力贴在男人的嘴上亲吻起来。男人的舌头感到了毒药的刺激。

二十六

像是被猎物咬了一口之后赶紧跳开的豹子一般，弓子缩紧脖子瞪着赤木。她的眼神那么犀利，与浓密的睫毛下柔和的影子实在是不搭调。

昨晚，赤木登上红丸号的时候，弓子曾说，闹腾混乱之中弄丢了化妆包。也许是这个原因，她脸上没有妆粉，美丽的肌肤因睡眠不足显得肌理分外清晰。

她的外套没有系纽扣，刚才被男人猛地推开的时候，外套从一侧肩头滑落。

男人不停地吐着口水，亚砷酸药丸刺激着他的舌头，他慌忙把水壶拉过来，咕噜咕噜连喝几口水，可是却不知吐在哪里。

弓子看着男人嘴里含着水，脸颊鼓鼓的样子，放声大笑。

药液已经把小小的整齐的牙齿染成了黑褐色，又浸湿了她干燥的嘴唇。赤木一眼瞥见，顿觉情欲上涌，可又心头一惊，那可是毒药。

"喂！"他一张嘴，口中的水流到了膝盖上。赤木抓住弓子的肩膀大喊：

"傻瓜，快漱口，漱口！你才是疯了。"

弓子从被抓紧的外套中脱身出来，向前跑了三四步，又笑倒在船板上。肚子笑得一鼓一鼓的，连大腿根的肌肉都一块块地看得分明。

她猛地甩起纷乱的头发，抬起头，闪闪发亮的眼睛里噙着泪水，充满生机。

"你啊，你也许懂得恶棍间的规矩礼法，不过你可完全不知道恋人之间的规矩礼法呢。我第一次跟你接吻，你居然又是吐口水，又是漱口的。"

说着，弓子又咯咯地笑了。那抖动的身体，让人感受得到她衣服下的肌肤。

"真是狼狈啊，看来还是不要成为女人了。真是太好笑了，好笑！"

"喂！"赤木说着，一把抓住弓子的脖子，把她的脸抱在胸前，用拳头顶住她的脸颊，撬开了弓子的嘴。紧接着又用另一只手把和服长衬衣的袖子拉出来，去擦弓子的舌头和牙齿。

弓子笑出来的眼泪，又加上了恶心反胃流出来的眼泪。她一边把泪水蹭在男人的前胸上，一边说道：

"我，我已经，已经没事了。我这是，这是在演戏。对不起了！不过，不是跟你的话，我大概是不会接吻的。"

在男人松开的臂弯里，弓子的胸部用力呼吸着。泪水浸湿的双眼，目不转睛地望着男人。

"你为什么那么看着我呢。你现在总算看我了。从前几天在水族馆的时候开始，你就一直把我当成孩子，要么就当成是商品。我不甘心，所以才大闹一场。我说亚砷酸药丸能使我快乐，这下你明白了吧?"

弓子轻轻眨了眨眼睛，突然脸红到了耳朵根儿，忽然想起来了什么似的整理了一下裙子。

"我呀。"赤木的声音一下子清脆悦耳起来，不过有些颤抖。

"千代的事情呢……"

"你用不着辩解。如果你有话想对我说，也不该是为了姐姐，而是为了我。我看见姐姐这样恋爱，当时就想我可不要成为女人。我不幸福，你是元凶。所以这次能够见到你，如果就此成为女人，那我也没什么可说的了。"

两人的目光摸索着，即将纠缠在一起的时候，男人胳膊收紧，脸朝着女人凑了过去。

"傻瓜!"弓子说着，右手用力推开男人的嘴巴。

赤木的嘴唇和牙齿又全被毒药染黑了。原来弓子手里一直握着剩下的药丸，汗水把药丸融化了。

"振作点，你个蠢货!"

赤木脸色发青，猛地倒下。

老妪美女

二十七

吉原妓女芷云的碑，正对着津贺太夫的碑，建在三社^①后面。

虽说浅草公园是女人的世界，可三十几块石碑之中，妓女的石碑仅此一块。而这块石碑也是妓女奉献给人丸祠^②的。

> 保丰保丰登
>
> 明伽之浦乃
>
> 旦雾尔
>
> 四摩伽久礼行
>
> 不念远之所思

（和歌大意为：拂晓微明中，明石浦为晨雾笼罩，远行的船只逐渐消失在岛屿后面，令人感慨。）

碑文以遒劲的万叶假名书写着人麻吕的和歌，如同出自男人之手，其实是芷云亲书。她堪称"青楼才女"，亲笔书写人麻吕的和歌，似乎是为了向浅草的人丸祠许愿。

浅草公园里供奉有五十乃至近百尊神佛，做过妓女的，仅有姬宫一座。

> "明治圣朝二十四年六月，据市参事会令，填埋如今徒有虚名的姥池。曾经的荒草甸子，已渺无踪迹，特立此石碑，令后世之人知其旧址，以资纪念。森田钺三郎建之。"

碑文中所谓"姥池"旧迹，位于马道六丁目三番地的居民住宅之中。而祭祀老姬美女的姥宫神社、姬宫神社，如今也在千胜神社之中，与七八尊神像杂居而处。

关于姥池的缘起，流传着三种说法。三种说法都提及美女枕石而眠这一点。因此，不是睡在混凝土的枕头上，就是枕着船板而眠的弓子，不由让我想起了姥池的传说。

武藏野的荒草甸子——浅茅原是一片旷野，月亮自芒草中升起，又没入芒草之中。

"行旅之人，行近黄昏，听闻隔田川上的鸟鸣，不由黯然神伤，漫无目的寻觅宿处之时，在茅草枯黄的旷野之中发现一处屋檐朽腐的破屋，里面住着一个性情激烈的老姬。"

老姬有一个女儿，与母亲截然不同，面容姣好。

"女子每每装扮停当，出门迎接路人，入内休息。她让客人枕石而卧，自己陪在身旁。夜深人静，老姬估摸客人已经酣睡，便砍

---

① 即浅草神社。
② 即柿本神社，祭祀著名万叶诗人柿本人麻吕的神社。

断石枕上方事先用来吊起石头的绳索，石头落下，将与女子共眠的男人的头颅砸个粉碎。老妪将倒在血泊中的旅人身上的衣服剥下，把尸首沉入池底。"

就这样，九百九十九个男人因此丧命。

第一千个旅人，听到了割草男子的笛声。

"那笛声如同人语：日暮之后，宁卧荒野，切勿借宿。浅草之中独此一家。"

于是，男人觉得石枕可疑，在旁偷偷观察，果然大石落下，男人吓得魂不附体，慌忙逃到一个大殿，惊醒一看，正是观音堂——原来割草男子就是观世音菩萨所变。

"此后，阳明天皇在位时，一个童子在老妪处借宿，老妪见童子衣裳华美、价格不菲，不禁窃笑。女子见童子优雅温和，不由得爱慕童子，偷偷同衾而卧，老妪不知，照旧砍断了绳索。童子本为观世音所变，早已不知所终，唯有女子一人被石头砸死。"

也许女子早已为罪孽所苦，一心赴死。美丽的童子不过为她的死，平添了些许爱情的欢喜而已。

"据说夜叉一般的老妪也有爱子之心，因女儿之死，伤心至极，最终投身池中。"

第二种传说，不过是将上面故事中的老妪换成了一对贫穷的武士夫妇。虽然观世音菩萨没有显身，女儿还是为了赎罪，自己扮成旅人，被石头砸死。父母见状，终于觉醒，顿悟原本之佛性，皈依佛门。

如果弓子在红丸号这艘船上因服用亚砷酸而亡，也许有人会说，她的心境与上面传说中的女子何其相似。

74

二十八

第三种传说，故事发生在人皇 ① 第三十二代崇峻天皇在位时。

这一带是一片凄清的旷野，盗贼四处出没，骚扰关东及来自北方各地的旅人。

"观世音菩萨深垂悲悯，命娑竭罗龙王化身老妪，第三龙女化身婀娜女子，居于旷野中之小屋，留宿来往旅人。众盗贼垂涎美色，争先恐后携酒前来求婚，来者即留之，使卧于名为'盘居'之石枕上，割断名为'盘融'之吊石绳索，盗贼之首旋即化为微尘。如此经年，怎奈色欲惑人甚深，盗贼相继丧命于此。"

于是，以盗贼首领意麻留为首，众盗贼无一幸免，均陷此美人计，命丧黄泉，由此来往旅人遂获平安。

"其时，乡人间流传有云：日暮黄昏，宁卧荒野，切勿借宿，老妪草堂。"

此后，老妪投身池中，化为俱梨伽罗不动明王 ②，美女则化身为金光耀眼的辨才天女 ③。

由此，石枕与美女之镜成为浅草寺的宝物，流传至今。

如果说，弓子是今世之龙女，欲将浅草公园的恶汉逐一毒杀，那么赤木就是意麻留的角色，为色相迷惑，被诱入死亡之船。

但是，在雷门派出所旁边，当我看到告示板上"至花川户集

---

① 日本对神武天皇以后的天皇的称呼，以此与神话中诸神统治的"神代"相区别。
② 佛教龙王之一，其形象为在岩石上被火焰包住的龙，缠剑作欲吞状。
③ 手弹琵琶的财福天女，日本民俗中的七福神之一。

合！红座"之时，我并不知晓弓子当天在红丸号之上。

江户三十三札所①，其中吟咏第二札所的和歌有云：

"祈愿荒野一屋中，罪孽深重之老妪，化为姥池中之誓言。"

这是浅草观世音灵验记中至关重要的一页记录，因此我才与诸位言此老妪美女之传说。话说回来，我当时正在商店街入口，被一群卖日历的孩子包围纠缠着。

我故意不去看那些孩子的脸，沿着广小路，向花川户方向漫步而去。

在浅草邮局前，我遇见两个中国姑娘，她们都穿着黄色的中式裙袍。当我回头看她们的时候，突然一件花哨刺眼的蓝色人造丝金线锦缎外褂映入眼中。

"您喜欢这种新奇的吗？"

"嗯。"

"您去问问辻本，听说他那里中国人、朝鲜人、白人都有。"

关于这个辻本，之后我会向诸位介绍，他是公园周围那些可疑的皮条客中最伶俐、最奇怪，也是最悲哀的一个。

"你要去地铁塔楼吧。"

"是啊，请我吃饭吗？"

"去餐厅集合吗？"

"您说谁集合？"

"你是看了雷门告示板上写的'至花川户集合！红座'吧，发生什么事了吗？"

---

① 日本的佛教圣地。有三十三所观音圣地和西国八十八所弘法大师圣地等。

76

"哦哦，所以您问我是不是去塔楼啊。我白高兴了，还以为你是热心肠呢。我正在物色请我吃晚饭的人。我不看什么告示板，那都是人家淘气写的。你要去吗？刚才说请吃晚饭是我开玩笑的。我买了礼物，正要回去呢。"说完，春子朝我晃了晃手里的小纸包。

"这个呀……"

这是浅草有名的特产，不过在小说里，我就不提点心的名字了。虽然这个谜大家马上就能猜到。

"买这个我知道秘诀的。需要偷偷把一张报纸递进柜台，很有趣吧？售货员会迅速接过去藏进衬裤里，她们会给我一个好价钱表示谢意。"

新《萤火虫之光》[①]

二十九

弓子与童星歌三郎走在一起，相比这位嘴唇过于美丽的少年，弓子看上去更像男孩子。如果一个美丽的女子看上去有男子气，就会令人感到一种忧郁，如同易碎的锐利刃具一般，诸位不曾有过这种感受吗？

在能看见吉原大堤火警瞭望台的那个死胡同里，我租了跟她同一个大杂院的房子后不久，有一天，我突然看见弓子给歌三郎穿短布袜，就在那个有钢琴的屋子的玄关。她用衣袖不停擦拭着眼泪，抽抽搭搭地在哭泣。歌三郎戴着帽檐很宽的鸭舌帽，双手插在和服外套的衣袋里，双脚伸在她面前。

当然，弓子好像不是这个少年给弄哭的。我装作没看见，悄悄躲了起来。

对于看起来像个男孩子似的弓子而言，这件事意味着什么呢？不管怎样，我都想大声呼喊：

"是的，不管她做什么，我都不会责备她的！"

我忘记介绍了，歌三郎不是弓子的弟弟，他还只是一个十二三岁的孩子。

春子与弓子的不同在于，是的，你可以让春子和其他女孩站在一起，就会发现她比任何女子都更有女人味。

真正的女人没有悲剧。任何人看见春子都会这么想。她会让你觉得，并非是春子没有悲剧，而是真正的女人没有悲剧。至少，她是这样的女人。

"哎呀，真的是藏进衬裤呢！"春子看着我的脚尖，边走边说，"没有地方可以藏啊。店员的制服，就是那家店的制服，一个口袋都没有。围裙也没有口袋。没想到女人们如此想看报纸，这不好吧。"

"今天报纸上写什么了？"

"不只是今天，每天都是。那家店的老板，听说有八个小老婆，吃完午饭，老板从小老婆家出来，到店里算算前一天的销售额，让人送到银行去，然后就回去了。两个儿子很好笑，也在父亲的几个小老婆家留宿。听说原配夫人已经过世了，也不知道小老婆和报纸之间有什么关系，反正老板绝对不允许店员看报纸。说是书都不可以，如果有人送书给店员，老板不会给店员，直接就退回去了。"

"是吗？不过，倒的确有这种可能。"

"我呀，说真的，那些广告霓虹灯上面不是有字吗？店员们实在想读书了，就在店里一直盯着那些灯。要是能够弄到一张报纸、一本书，那可不得了，他们会躲在厕所里，读上一个多小时，然后偷偷塞进衬裤里。到了晚上，管理人很快就熄灯了，店员们都睡在二楼，那可有趣啦，'借着窗外的萤光，月下的雪光'，就像那首歌

---

① 1881 年收录于《小学歌曲集初编》，后成为毕业季广为传唱的歌曲。

里唱的那样，店员们打开窗子，让外面的电灯光照进来，然后大家都把头凑到窗前……"

"这个故事不错。毕竟我的工作就是让人阅读文字，最近有种说法很流行，印刷成字的文字将失去魅力……"

"哎呀，不行啊，你可不能写下来哦！店员们很可怜的。之前听说有十八个店员被老板发现她们看书，被老板严厉审讯，让她们说出书是哪里来的。当然不会有人交待。结果，全员被罚站成一排，老板挨个劈里啪啦打过去。商店前面不是有卖报纸的大爷嘛，满身尘土、疲惫不堪、脸色苍白，但很亲切的老大爷。店员们关店门的时候，老大爷会把卖剩的晚报偷偷递给她们。哎呀，你可千万不要写下来哦！对了，你就写客人们都会把报纸、杂志忘在店里好了。"

三十

嫩草、花开、玉帘、雏菊、甜纳豆、温泉花、故乡特产、残月，我漫不经心地看着这些名字。种类繁多的日本点心，名字更像是应该装饰在偶人节的阶梯装饰台上。它们和水果果冻、糖果、口香糖、巧克力等一起摆放在地铁餐厅一楼商店的玻璃橱柜里。

这个土特产柜台左边，是料理模型展示柜。

"你要吃什么？"

　　米饭、面包、咖啡、红茶——五钱。
　　柠檬茶、苏打水——七钱。

冰激凌、蛋糕、菠萝、水果——十钱。

炸虾、咖喱饭、儿童套餐——二十五钱。

牛排、肉饼、炸土豆饼、火腿色拉、卷心菜肉卷、炖牛肉——三十钱。

午市套餐——三十五钱。

"好贵啊，这些菜。算了吧。"

右边电梯旁边是餐券售卖处。

"没有人说不吃饭就不准登塔哦。你看，不是写得很清楚嘛。"

地铁塔楼四十米，请随意观览。

春子把餐券售卖处的姑娘们也逗笑了，她挥挥手里的纸包，说道：

"就吃这个，再喝点水吧。公园里到处都有晚报什么的，我把捡来的报纸连同十钱一起递过去，她们就给了我这么多呢！"

电梯里装饰得如同金粉梨皮漆器①一般。

"真讨厌！这个电梯，说是定员十三人。三年两百五十元的话，算下来一天多少钱？正好乘电梯的时候，我心算了一下。我买这些的那个点心店，据说店员都是合同工。三年两百五十日元的话，一年就是八十三元三十三钱三厘三毛，一个月七块钱都没有——哎呀，已经六楼了？"

---

① 将漆器表面以金粉、银粉涂成斑点花纹，外观似梨皮一般。

电梯前面是厨房，从厨房旁边走上屋顶花园，脚下踩着黑白方格相间的装饰砖，春子又算了起来。

"一年三百六十五天，一天不到二十三钱。那家店从早上八点，营业到晚上十一点半，所以店员要工作十五个半小时，就算有时候没那么忙，一个小时也就一钱五厘左右。这个工资，属于什么水平？好，还是不好？换作是我，可不愿意干！"塔楼上可以眺望街市，可春子瞧都没有瞧一眼。

"先不说别的，你这个计算有点问题。"

"我知道的，在餐券售卖处那里，不买点什么吃，肯定不好。可我不是为了面子，才在这里做算术。坐电梯上来的时候，我认认真真一步一步除下去，得出了一钱五厘这个数字。你看呀，这里竟然有稻荷神社！上面写着宝稻荷大明神，还竖着旗子呢。"

稻荷堂入口处的门楼牌坊是铁制的。

钢铁的臂膀在眼前高高举起，那是吾妻桥架桥工程的起重机。

"这幢楼就像打高尔夫球时穿的袜子一样花哨，屋顶上还飘扬着万国旗。地铁售票员的那个制服也是，东京的交通工具可看不到人这样穿，就像电影里西式宾馆的服务员那么干净漂亮。所以啊，这里的稻荷神社，就如同在西式短发上插日式花簪一样呢。"

登塔的扶梯旁边拉着白幕布，餐厅里的四个少女躲在幕后，正在用口琴吹奏《波浮港口》。

"音乐家一定很高兴吧，就跟那家点心店的报纸一样。一个小时一钱五厘，据说一年还只能外出两次，而且由管理员带领着，像小学生郊游一样。"

混凝土

三十一

浅草广小路上的糖炒栗子店"甘栗太郎"里，石锅中栗子连同黑沙一起旋转起伏。有一次，一个红团团员盯着那石锅，说了一句绝妙的话：

"看啊，多棒的夏威夷草裙舞，比春野芳子还正宗，都是高个子黑人女郎。"

吹横笛的笛龟，在游乐馆的舞台上不停骂人，可他如果不吹奏他痛骂的爵士小调，就没有那么多观众来看。

另外，诸位最近都听过相声吗？相声原本就是滑稽搞笑的，而如今一九二九年了，相声演员们都被美利坚舶来的"摩登"这辆脱离常轨的机车拉着到处转，令他们成为可悲的双重笑话。

还有，你看看帝京座的歌剧，光源氏和业平朝臣都在跳爵士舞。这个朝臣啊！再说说另外一桩事情，与业平朝臣在和歌中吟咏过的"都鸟"①有关的向岛，如今已经成为混凝土建造的河岸公园。售卖向岛特产、长命寺的樱叶饼和言问丸子的店家，也改建成了混凝土建筑。

那附近有商科大学的艇库，一幢建在水边的蓝色木制建筑。单从建筑来看，赛艇比樱叶饼还更古朴呢。

不过，朝臣已经不可能理解混凝土的魅力了。

据说松竹蒲田电影制片厂要拍摄一部令人震惊的"小曲电影"②，名为《真是先进啊》。

也许过不了多久，还会出现名为《是钢筋混凝土啊》的小曲电影。

那些笑了的人，都不懂柏油和混凝土的魅力。

说到这个魅力，我顺便再讲一件关于厕所的事情，虽然这话题令人讨厌，不过实在没有比这更好的例子了。

吉原附近的小公园——也称不上是公园，就是贫民区孩子们玩耍的地方。有两三个孩子坚持打扫那里的公共厕所。我从未见过那么干净的公共厕所。

"你们打扫这种地方？"

孩子们莫名其妙地看着我。

"每天吗？"

"嗯，有时候会扫。"

"为什么要打扫？是大人吩咐的，还是有人请你们打扫的？"

"没有啊！"孩子们互相使了个眼神，悄悄走开了。于是，我去问公园里看孩子的姑娘。

"他们喜欢吧。厕所比他们自己家还要摩登。也只有公共厕所，

---

① 赤味鸥的雅称，经常出现在和歌中。
② 引入流行歌曲的一种无声电影。流行歌曲的歌词出现在字幕上，由解说员或者歌手来演唱。

是他们能用得上的气派屋子了。所以才开心地打扫呢。"

这实在出乎我的意料之外。我又去问坐在长椅上看孩子的,答案也一样。

看来公共厕所比起孩子们的家要气派得多,这是确凿无疑的。不过,孩子们喜爱公共厕所,难道不是因为它是混凝土建筑吗?大人们以"公德"的名义,表扬他们的行为,而孩子们则是为现代风格建筑的魅力所吸引,才坚持打扫。比起桃山大殿的茶室,孩子们不是更喜爱混凝土的厕所吗?

如果要评选浅草新八景的话,一定会有传法院内小堀远洲①建造的名园,地震的时候,弓子也曾在那里避难。

可孩子们会问:"那也算名园吗?"

这样看来,虽然传说名园将于昭和五年四月一日开放,仍然会有人忘记把它算进新八景吧,可混凝土的言问桥和隅田公园,有谁会忘记呢?钢筋混凝土的大楼、地铁餐厅都比五重塔排名要靠前。那个混凝土建筑的寺庙——东胜寺,大门如同牢房的铁栅栏似的,就在广小路的尽头,现在还在施工,也许会成为"摩登"的护身佛,抢走浅草观音的香客。

话说回来,电车内张贴的广告里,宣称那个地铁餐厅是"走在时代最前端的文化精华",可它的楼顶上,女招待们躲在白色幕布后,棉袜从幕布下露了出来,她们吹奏着口琴——这古朴而悲哀的乐器。

一旁的春子却那么开朗,她拧开自来水龙头喝了水,又打开自

---

① 小堀远洲(1579—1647),日本江户时代初期的茶道家、庭院建筑家。

带的那包点心。

三十二

也许是为了防止有人跳楼自杀，楼顶上设有围栏，上面拉着铁丝网。稻荷神社前有八把椅子，两个高脚烟灰桶，我就在那里听着街市上的声音。

交通警察的笛声、卖报纸的铃铛声、起重机锁链的响声、蒸汽船发动机的声音、木屐踩在柏油路上的声音、汽车与电车的声音、旁边少女的口琴声、电车的铃声、电梯门开闭的声音、汽车的喇叭声、远处的杂音，无所事事侧耳倾听着这些汇集在一起的声波，不也如同听摇篮曲一般吗？

大河下游架设着四座大桥，上空密布着灰蒙蒙的冬云。

吱吱吱、吱吱吱，这尖锐的声响时不时传入我的耳中。那是刚刚在楼下看到的玩具的声音。轻轻按一下铁丝手柄，金属圆板就发出吱吱吱的声音旋转起来，同时迸发出红色、蓝色的火花。邮局前，一个乞讨的少年在售卖这玩具。一个三岁左右的小女孩，倒在他脚边的柏油路上哇哇大哭。是少年把她弄哭的。哭是三岁小孩的工作，能哭的孩子报酬很高。可是，少年一副仇视的模样，死盯着小女孩的后背。我从来没有见过如此冰冷严酷的眼神。

如果诸位把目光从电影院的宣传画栏移到对面去的话，就会看到写有这么一段话的板子：

世上没有比我更可怜的人。去年十月，死了丈夫，又要养活七十五岁的老母亲，自己患有脚气病，还带着三个孩子……

胸前挂着这样一块牌子的女乞丐，正在把水肿的双脚伸给大家看呢。

三个孩子在哪里？各自在池塘边爬树呢。

你千万不要去看。一旦发现你在看他们，孩子们就会从树上纷纷跳下来，跑到诸位面前扭打，然后哭喊大叫。孩子们的工作就是假装打架，可是他们的眼睛里充满了憎恨，比真正的打架更甚。

于是，我想起了春子明亮的双眼。茶色的瞳孔蔓延渗透到了白色的眼球上，那白色的眼球又马上开始泛红——

"啊，真好吃！一定是刚刚从餐厅旁边经过的时候，味道渗进水里了。"她像一只饮水的鸟，伸着柔软的脖子，咂巴着嘴，回到椅子边上。

那样子像个乡下姑娘，连人造绢丝的衣服都显得格格不入了。

"你突然温顺起来了。"

"嗯嗯，和男人在一起，过个十分钟左右，我就会变得很温顺了。"

"这算是手段吗？"

"诱惑男人的手段？不是的。我是一个开心的乐天派，跟人家打招呼的时候，话有点多。"

"要不要喝真正有味道的水？"

"好啊，谢谢啦！"

餐厅从二楼到五楼，每个楼层都明亮、干净、具有现代风格，连墙纸的颜色和装饰灯都各不相同。二楼和三楼是禁酒的，我们去了五楼，墙纸是绿色的，也出售咖啡。

从西边的窗口，可以看见街对面上野松坂屋百货商店的旗帜。

三流妓女在给同行的男子斟酒，旁边是一群初中生。还有两桌带小孩的家庭，面前摆着和盘子一样大小的肉排。

入口旁边的桌子是两个六岁左右的女孩乖乖坐在椅子上，让女招待帮她们在烤面包上涂抹黄油。吃完面包，两人按按电梯的铃，大模大样下楼去了。

我们不由得笑了。

"了不起啊！就两个小女孩。那才是浅草未来的希望呢。弓子见了一定会高兴的。"

"那些人怎么不来呢？不就在上面的塔上嘛。"

都　鸟

三十三

　　咖啡杯已经空了。春子一边像孩子吸吮乳房似的舔着汤匙，一边呆呆地从南边的窗子向下望去。

　　"水果店真是漂亮啊!"

　　"嗯。"我吃了一惊。

　　"是啊。我刚刚看那车顶，电车和公共汽车的车顶。满是灰尘，积了那么厚，怎么那么脏啊!"

　　"你到底在想什么呢?"

　　"没有想什么。我在休息呢。"

　　"你跟男人在一起，过个十分钟就会温顺下来。我估计，过个二十分钟就会把那个男人给忘了。对吧?"

　　"我不喜欢像弓子那样，说话像做针线活儿似的。"

　　"跟做针线活儿有什么关系?"

　　"一针一针地，刺得痛啊! 弓子一定觉得我很可怜，我也觉得弓子很可怜。不过，我不喜欢她。"

　　"嗯。"

"关键是她太傻了。您刚刚很惊讶吧，我算术算得那么好。按照我的算法，得不出她那种答案。我不觉得像弓子那样做女人划算。我喜欢明公，就是'男弓子'。他比我年纪小，还总想保护爱护我，我心里觉得好笑。我知道，他那种自以为是的样子看上去很自大，可是我没出息啊，不知不觉地就真被他宠爱了。女人可能就吃这套，被男人彻底玩弄……"

"被玩弄是什么意思？"

"就是那个意思呗。没什么好说的。真是不好办啊。我经常想啊，自己真是个可怜的女人，做个男人多好啊。对我来说，这两个听起来是一回事。"

我没有作声，伸出手去。她说了一句"不好意思"，把还在吸吮的汤匙递到我手里。可是她好像没有意识到自己这个动作，接着说道：

"我刚刚说，自己在休息。是啊，我一到男人跟前，就会马上进入休息状态，感觉什么也不需要想或做，我也不是故意的。不要看我现在这样，我也是一个女人自食其力过来的，所以我需要休息，男人就好像是生活中的安眠药。而分手就如同早上醒来。哎呀，我在说什么呢，好像自己多了不起似的，对不起啦！话说回来，一旦真的恋爱，晚上就会落泪。分手的时候，早上会落泪。如果早上不会落泪了，那作为一个女人就真正成熟了。可是弓子，她总是跟男人舞刀动枪的，您看过观音剧场的大海报吧？（武打剧与《过来我就砍你！》那种独幕剧）真是那样！她严重睡眠不足，我不知道她到底怎么想的，就是不睡觉。像个可怜的实验动物——实验人如果不睡觉，到底能活几天？！"

"弓子身边没个人吗?"

"哎呀,你可真讨厌!如果想问这个,你早问啊。还让我说了那么多。"

"没想到你也是个做针线的啊。"

"是啊,我就是个普通女人,也想着是不是要学学针线了。哎呀,可不好,不能这么装腔作势的。我可不想再过个二十分钟你又问我,弓子身边没个人吗?"

三十四

巨大的铁臂又伸到玻璃窗边,春子眯缝着眼睛,听着铁链的声音说道:

"啊,真想上吊啊。如果被那个铁臂一下子吊起来,那该多好啊。我一直想啊,化个漂亮的妆,穿上鲜红的衣服,双腿吧嗒吧嗒地挣扎晃动,那多好啊。然后被高高吊起,断气夯拉下来的时候扑通一声掉进大河里……"

"你这个故事,好像'毒妇'一词流行时给予人的强烈印象。就穿一件游泳衣,从起重机尖上像燕子似的跳下来。你既然是时下的女孩,应该去学个燕子式跳水之类的。"

"呸!这种话你应该去跟弓子说。像个未出阁的小姐一样,害怕什么呢?她反正也不可能出嫁的!"

"那可不一定哦。反正,浅草这里的人就是老套。上自摆摊的,下至流浪汉、乞丐,都讲究师傅徒弟之类的,还有同伴之间的义理人情。跟江户时候的赌徒有什么两样?听说涩谷的道玄坂和新宿那边，就连不良少年都比浅草这里前卫。那些地方不像浅草，没什么传统。当然，像浅草这样拥有华丽的外表又如此活跃的地方，全日本也找不出第二个。可是浅草的基底里，就像昆虫馆的标本，是的，如同离岛，或者非洲的某些酋长村落一样，简直与世隔绝，到处张着古老旧习的网。"

"你这是怎么了？我不愿意听你说这些。你一个逃课的学生，天天往浅草跑，还时不时被赶走，怎么会说这种话？什么旧习的网？你被这张网挂住过吗？没有吧，没有最好。你不过是出于好奇在浅草闲逛，还笑话旧习，浅草就是这些靠旧习维系生命的人的家。要是没有这些旧习，你睁大眼睛看，他们真的会流血献祭、横死路边，已经是本地特色了。到时候，我也要在起重机上吊死了。对啦，你刚才的话可以问起重机啊。'起重机啊，你把都鸟赶到哪里去了？''弓子有男人吗？你帮我去问问都鸟吧。'"

"哦哦，因为是吾妻桥吧，吾妻桥是竹町渡口的遗址，竹町渡口又称业平渡口嘛。"

"是吗？那里有都鸟吗？"

"哪是什么都鸟，不过是隅田川这里普通的海鸥罢了。有的书上说都鸟的嘴巴和脚是红色的，那都是胡说八道。川柳诗里好多讽刺都鸟的。"

> 名胜地的海鸥，名之为都鸟。
> 海鸥、都鸟，一桥两边。
> 渡船船夫，一鸟双称。

驹形①的海鸥，令人可惜。

名为海鸥，即非名胜。

所以，从竹町渡口这里到吾妻桥为止，都称"都鸟"，一飞到下游的驹形就变成可怜的海鸥了。

"反正业平就是一个古今无双的破烂王。要是在今天，他一定会唱'大街小巷的美女圣母啊'。"

"现在帝京座不就在唱吗？"

却说各位，我前面提到帝京座舞台上的光源氏和业平朝臣，一转眼把他们给忘了！

这位宫廷显贵身着达官贵人的服饰，可是却拿着一根细细的手杖，一边扭动着腰肢一边唱着《城市交响乐》，跳着爵士舞。

我是无产者，身穿工作服。

沉重的铁锤，并非扮酷的道具②。

唱着跳着，突然拿起手杖摆出姿势，开始剑戟格斗。

还有，说我保守的那个春子也是，她在尖塔之上依次与四五个男人快活地接吻，然后对我说：

"我是浅草塔的新娘。《埃菲尔铁塔的新娘》那出戏是怎么演的来着？"

---

① 位于东京都台东区的地名，隅田川边自驹形桥至厩桥之间的地区。
② 出自歌曲《城市交响乐》的歌词。

三十五

舞台上是平安朝的京城，樱花盛开的季节。总而言之，正是光源氏和业平那个时代，端庄高雅的宫廷女官们身着华服，悠闲地唱着歌跳着舞。其中一个调皮爱动的姑娘，突然穿越千年，大跳查尔斯顿舞后昏倒在地。然后开始用"左女"的流行用语，大谈恋爱和社会问题。举个例子吧。

"什么叫无产阶级？"

"是指那些认真工作的工人无产者。"

或者，争执之后开始你推我搡，嘴里喊着：

"这是拳击，西式打架。"

诸位，"左女"这个词听着很奇怪，其实是浅草新近的流行语，跟"左撇子"意思相同，是粗鲁无礼的外号别称。如果红团中的一员这样说：

"弓子这家伙，最近变得向左扣了。"那其实是句俏皮话，意思说她变得左倾了。

如果说："春子那人是摩登左襟。"意思就是，她是受到柯伦泰夫人①《赤恋》影响的女子。不过，与发源地俄罗斯的情形不同，日本的"左襟"本性不改，以赚钱为主。

毕竟，浅草这里，光源氏的候文体②情书也如同歌剧里一般，

---

① 柯伦泰夫人（1872—1952），俄罗斯女性运动家、革命家、政治家、外交官、作家。
② 日语文言文的一种，常见于书信之中。

是边唱边读的。这些宫廷显贵们把各个时代的日语全都用在一起了。

接着，剧团全体成员跳起狐步舞，手牵着手，一边唱着爵士小调，一边圆满谢幕——这就是"音乐剧"。

在地铁塔楼上，春子随口便以"埃菲尔铁塔的新娘"自居不过是小意思。

因为正好当时，卡基诺·胡里奥剧团正在用与让·谷克多《埃菲尔铁塔的新娘》的舞台类似的布景呢。

红团的孩子们不知从哪里坐着卡车而来，你也不要吃惊。这就是浅草。

街上已经开始进行年底促销了，如同廉价博览会一般，到处是旗帜、幕布、特卖的红色标语、灯笼、乐队，连浅草都用上了女孩人体模型。

在这些杂乱无章的色彩之中，背着七八张白色熊皮（据说是），在人群中穿梭游动的朝鲜人白色的衣服，即便从五楼窗口，也瞬间映入我们的眼帘。那白色的身影正要穿越电车马路时，面前忽有卡车停下，两个小孩跳下车。

"哎呀，是小个子。那不是向岛的卡车吧，是言问的吗？到底发生什么了？"春子说着，站起身来。

女孩正是弓子家的小个子。

她穿着胭脂红色的外套，描了眉，还涂了口红，像是歌剧里的童星一样。可是，和她挽着手站在食堂门口的男孩子，看起来实在不相般配，是个乞丐小孩。

女孩一个人一本正经地进来，在春子耳边小声嘀咕了几句。

"那家伙不行！刚刚上来的时候，偷了扶手上的一个螺丝钉。"

"你也不行啊！听说，你每天晚上都跑到水族馆乐队那里，用脚打拍子吧。"

"别处来的孩子，好多也在打拍子呢！"女孩一副满不在乎的样子，又像是有秘密事情似的，拉扯着春子的衣袖。

"什么事？"

"姐姐上了红丸号，还有……"

"说是到塔楼集合，真的吗？"

女孩点点头，于是我们登上楼顶，一个男孩子从刚刚女招待们吹奏口琴的幕布背后冲了出来。

"别闹了，这样不好哦！"

男孩并没有笑，马上钻进稻荷殿旁边去了。

他打开捡来的废纸团，红座的千社签从里面掉了出来，纸上都是弓子写的字。

他挥舞着纸条，喊道：

"快看这个，怎么回事啊！"

塔顶的新娘

三十六

这个男孩，只有和女孩在一起的时候才被叫作"船小子"。他是红团从船上捡来的，船是演戏的道具船，被扔在小戏院后面。他就以船为家，在那里过着小流浪汉的日子。

最近，他靠给摆摊的做托儿维持生计。他最擅长的就是从可疑的地方找出可疑的东西来。比如小偷身上偷来的钱包之类的。所以，刚刚也是他马上发现了稻荷殿旁边树丛里的废纸团，上面是弓子的钢笔字，一笔一画写得像是在练字。

红座的千社签从纸条里飘落下来，船小子赶紧拾起来，点了根火柴烧了。

我仔细看了一眼纸条，上面写着：

阳炎 ① 消失明，闪电消失暗。

船小子问我："上面写什么了？"

我接过纸条小声读了起来。然后，我们四个人沿着螺旋台阶登上尖塔。

> "彩霞晨淡夕浓，
> 雾霭晨浓夕淡。
> 阳炎消失明，
> 闪电消失暗。
> 红叶自峰染，
> 鲜花自麓发。
> 河水昼静夜嚣，
> 海浪昼嚣夜静。
> 树之花晨开，
> 草之花夕放。"

"到底在读什么呢？是神签上写的吗？给我看看！"春子说着，从怀里伸出手来。

"哦哦，我懂了。"

"这是暗号吗？"

"就是随便写写的。也不随便，在装腔作势呢。这个弓子，写几个字还装模作样。"

"为什么会被扔在这种地方呢？"

"我又没跟着她扔的纸屑走，我怎么知道？这么说吧，假设有

---

① 一种感热现象。在日光强烈的春天或夏天的海滨，可看到物体摇动的现象。这是因为靠近地面的空气温度高，与周围空气之间形成密度差，从而产生光折射而引起的。

个人在追求弓子，弓子说，我明天写信答复你。结果收到的信上，都是这种谜语。男人怎么想也不明白。他登上塔来，这才终于明白自己被捉弄了，一生气就把信扔了。一定是某个登塔的人——若是如此，那么弓子还挺可爱的。不过'明天写信答复你'之类的话，弓子是绝对不会说的。"

尖塔如同教堂屋顶的钟楼一般，是一个圆形的混凝土的塔。东南西北四个方向都有观景窗，窗下铺着铁丝网，墙壁只有下半是绿色的，上半是淡蓝色，圆形屋顶上悬挂着玻璃的装饰灯。

东侧的窗边站着四个男人，闻声一起凶巴巴地扭过头来，看见春子，马上问道：

"船小子从言问过来了？"

东边的窗子望出去可以看到神谷酒吧。左下方是东武铁路浅草车站建设工地，木板围着一大片空地。然后是大河、吾妻桥，这里临时搭建了一个便桥，钱高组正在架设新桥。再过去是东武铁路铁桥施工现场、隅田公园，这里的浅草河岸也在施工。岸边有很多小船，还有石工厂、言问桥。对岸是札幌啤酒公司、锦丝堀车站、大岛储气罐、押上车站。然后是隅田公园、小学、工厂区。三围神社、大仓别墅。荒川泄水渠。筑波山则被冬天的阴云覆盖着。

春子双手揣在怀里，沿着窗子走了过去，一边眺望着东京街市的屋顶，一边说道：

"东京真是乡下啊。像个旧木屐市场，而且木屐上都沾着泥巴。东京这个村子，就像是把这些旧木屐翻过来摆在了一起。"

"居然说东京是村子，你厉害了。"一个男人突然抱住春子亲吻她。

第二个男人也默默地与春子接吻。

另外两个男人依次静静地与春子接吻。

而春子的双手一直揣在怀里，闭着眼睛站在原地。

"我是浅草塔顶的新娘。你有口红吗？"

三十七

"有口红吗？"春子这么问的时候，小个子正把鼻子按在西边窗子的铁丝网上。

船小子把手搭在她的肩膀上，瞄着她的嘴唇。

西边窗外，浅草邮局如同一个横倒着的垃圾箱。雷门米花糖大招牌上面的金字分明。浅草区公所、传法院、广小路……黄昏时的店头装饰仿佛是为甲虫举办庆典似的，在道路上爬行的汽车和电车、庆祝入伍的旗帜，广小路尽头是混凝土建筑的东胜寺，铜制的屋脊映射着暗淡的夕阳。广小路右侧是浅草商店街的屋顶和影院一条街。左侧是电话局和大澡堂。上野松坂屋百货商店、上野车站、上野灰蒙蒙的树林和火车白色的烟、帝室博物馆、东京帝国大学的安田讲堂和大学图书馆、尼古拉大教堂、靖国神社、新建的国会议事堂。若是天气晴好的晨夕，在这宽广的街市上方还可以看到美丽的富士山。

对于他们来说，接吻和吹个口哨没有分别。

身着灯芯绒西装，脚蹬厚朴木齿木屐，额头上只戴一个蓝色赛璐璐的遮阳帽檐，后面露着头发的男人，最后一个和春子接吻后，问道：

"喂，船小子，骑自行车的银公带来什么口信？"

"他一直在监视红丸号。可是船上的窗户拉着草帘子，不知道里面发生了什么事情。他给梅公发了信号，让他早点把船靠岸。"

"难怪，所以船开到言问桥下面来了。"另一个戴鸭舌帽的男人说着转过头来，一只眼睛盯着小型望远镜。和服外套的下摆露出裙裤，看上去像是个大学生。

另一个男人戴着方角的学生帽，还有一个看上去像是平民区的少东家。

"可是，我刚刚在这里捡到了明公的信。"

"信吗？"四个男人一脸吃惊的样子，看来信不是他们扔掉的。

我站在北边窗前，听见他们惊讶的声音，也转过头来。北边的窗外是屋顶的通风管和万国旗、浅草商店街、今半料理店屋顶的金色鯱形瓦①、仁王门、鸽子、五重塔，只有塔顶最上面的瓦是绿色的。大银杏树正纷纷落叶。修缮中的观音堂进入十二月份以后，在脚手架上搭起了铁皮屋顶，周围用竹帘围了起来。正如各位在仁王门旁的正殿修缮捐款接待处告示板上所见，这个施工大棚横宽近五十米，纵深超过五十一米，高一百二十尺，总计用了九米到十八米长的杉树圆木五千根，方木料七十立方米，波浪状铁皮板四千张。再过去是寺内冬日枯萎的树林。吉原、千住储气罐。东京的最北边，冬日的暗云低垂。

"'彩霞晨淡夕浓'，这是什么意思？"四个男人盯着春子从袖兜

---

① 屋脊两端的鱼形装饰。鯱是传说中的动物，头部似龙、背鳍锋利。在日本，名古屋城的金制鯱形瓦最为有名。

里掏出的废纸看了半晌，问道：

"即便这是暗号，明公也不知道我们到这里来了吧。"

"明公会不会还叫其他人过来？"

"也可能是哪个来到这里的怪人扔下的？"

穿灯芯绒的男人把纸条翻过来看看，说道：

"船小子，你去楼下的餐厅，在火炉上把这张纸烤一下，如果有字显现出来就赶紧回来。一定小心哦！"

"先生，给我五钱买杯咖啡。"船小子把手伸到我面前，这时，小个子在一旁接过话去。

"钱，我有。"

"是这样的。"鸭舌帽男人对我说道，"昨晚弓子家闹腾了一场，到今天早上我们才知道。所以今天很危险，她应该不在浅草，又听说她和一个叫赤木的厉害男人一起上了船，我们很担心才一直在这里监视呢。当然这些不能让那个要强的知道……"

"喂，快看！"望远镜男子突然在窗边大叫。

"刚刚明公探出上身，又被拖进去了。白色外套的胸口鲜红鲜红的，是血！"

"哎呀！那不是水上警察吗？"

只见一艘白色快艇在言问桥的倒影里激起一片浪，向这边驶来。

酸浆果集市与异国姑娘

三十八

白色快艇在言问桥的倒影里激起一片浪，向这边驶来。

写到这里之后，从二月到七月，大约五个月时间里我都没有再动笔了。

"白色外套的胸口鲜红鲜红的，是血！"男人在地铁餐厅的尖塔上用望远镜监视着，他突然大叫一声，只见穿着白色外套的弓子被拖进红丸号的草棚。我要从这里继续写下去。

可那时的大河还是冬日阴沉的傍晚。而且是一九二九年的冬天，街上正在进行岁末促销。

如今已是一九三〇年阴历七月十五前后的中元节销售季。

卖萤火虫和卖其他小虫的人所捎来的夏日信息，在夜晚的公园里早已不见踪影。比卖花姑娘售卖的鲜花都要过时了。

那些花，就是姑娘们站在路边卖的花束，大抵都是过了季的。各位在浅草买过花吗？没有比那更容易凋谢的花了。

"要么我也卖花吧，像在银座那样。"春子这么一说，我马上答道：

"可是已经有银座风格的卖花姑娘出来了。就在常盘座后面，还有公园剧场背后。"

"哎呀，那您已经买过了？"

"别傻了。"

"那不是花哦！听说花束里面插着名片呢。上面写着：几月几日几时在哪里见面之类的。"

"所以，她们才卖容易凋谢的花吗？一般都在哪里见面呢？"

"我是让你清醒点呢。那个花，会从雌蕊顶部插进一根牙签，扎到花茎里。人家不都说一见钟情，再看一眼莞尔一笑，第三眼时怦然心动。那种谁看了都会喜欢的画，或许跟卖假色情照片的用的是同样的手法。浅草就是一个假货修炼场嘛。如果用沙龙名画冒充色情照片，那还算好的。有的用电影女明星的泳装照，虽然的确称得上是裸体美人；离奇古怪的还有那种刀枪剑戟的武打电影里的照片，强奸暴行之类的；还有那种彩色照片，上面是贯一①在热海海边踢倒阿宫的场景；号称只穿一双袜子，全身一丝不挂的美人鱼群，却是女校运动会上团体操的照片。最过分的是书，不是经常有女性杂志的附录里夹着的小册子吗？就是那种。小册子的封面上贴张白纸，透过白纸，看得见下面'编织与手工指南''一学就会的西餐、中餐'之类的字样。里面全是假货，全凭三寸不烂之舌的唬人宣传。我说，小说也流行这种吧。"

"就像浅草的歌舞剧吗？"

"嗯，虽然都是骗人的，不过姑娘们鲜活的裸体，捅一捅是会

---

① 尾崎红叶的畅销小说《金色夜叉》的主人公。

流出鲜血的。"说完，春子像青蛙似的在嘴里吹响了海酸浆 ① 果哨。

七月九日和十日是浅草观音的功德日，诸位中若有信仰观音菩萨的，就会知道所谓的功德日是：

一月一日（相当于一百日）

二月晦日（相当于一百日）

三月四日（相当于九十日）

四月十八日（相当于五十日）

五月十八日（相当于一百日）

六月十八日（相当于五十日）

七月九日（相当于四万六千日）

七月十日（相当于四万六千日）

八月二十四日（相当于四千日）

九月二十日（相当于六千日）

十月十九日（相当于一千日）

十一月七日（相当于六千零六十日）

十二月十九日（相当于四千六百日）

也就是说，像我和春子这样七月九日去参拜观音菩萨的话，这一次参拜就相当于四万六千日参拜所积累的功德。如果连续三年三个月在这些功德日里一天不落地前去参拜，就一定会受到观音保佑

---

① 指各种海产螺的卵囊，将其中的内容物去除，经染色后出售。因其形状类似酸浆果，孩子们把它作为玩具，含在嘴里吹出响声。

"诸愿成就、疾病平愈、子孙繁昌、六亲眷属成佛"。

这些方便的数字，是怎么计算出来的，凡人无从得知。可怜那些不了解情况在其他日子前去参拜的人，简直是吃了哑巴亏。所以，一到"四万六千日"这一天，就连大年夜都傍晚关门的观音堂会盛装迎客直至半夜。

加之还有酸浆果集市。

就如同把绿色的酸浆果田整片翻过来悬挂着，这才是梅雨过后的夏日风景。这一天出售的避雷免灾护身符，仿佛真能发出雷鸣声呢。

三十九

一队南洋人惊起了清晨浅草寺的鸽子。这是一个旅游团。

朝鲜女人用黑腰带将孩子绑在白色裙裤的腰间，赤脚走在沥青路上，帆布鞋则提在手里。这是朝鲜风俗。一晚上有无数人经过，这就是松竹座的松清街。

松竹座已经熄灯，屋檐下，四个留着辫子的中国小孩在玩捉迷藏。他们发出猿鸣般的声音，在售票处前围着的黄铜栏杆之间像猿猴一样钻来钻去，四处奔逃。小剧院已经散场，孩子们从浅草后街到吉原附近的咖啡馆一带，沿路售卖签语饼、豆子和鱿鱼干。快到他们做生意的时间了。孩子里有日本人、朝鲜人、中国人，咖啡馆一晚上会来四五十个孩子，为了让人一眼认出是中国人，他们都留着辫子。

一个白人姑娘超过我们，春子抬起手跟她打招呼。

"瓦利亚！"

在此，我请春子为诸位做向导吧。因为在不久前拍摄的电影《浅草红团》里，弓子已经死了。在红丸号上，她嘴里含了六颗五十毫克的亚砷酸药丸。

"瓦利亚！"春子招呼的姑娘们，如同一股带着颜色的疾风吹过，又像是原野上的小马，响着哒哒的马蹄声穿街而过。

两个姑娘手挽着手，吹着口哨，没穿袜子，鲜红的衣服就像舞蹈表演的服装，面料轻飘飘的，既没有穿内衣，也没有戴帽子，完全没有把日本人的色情放在眼里，她们似乎认为有色人种对于白种女人的肌肤会视而不见。

"喂！舶来的不良少女开始飞扬跋扈起来了吗？"

"那倒不清楚，不过最近公园里，外国人一下子多起来了。是谁说的来着？这里将要成为国际化的暗黑街区。骗你的！是我瞎说的。"说完，春子又像在码头送行似的，挥动起手臂。

"米拉！瓦利亚！"

我吃了一惊。高个子姑娘突然转过头来，微微拉起短裙，弯下腰，朝着这边抛来一个飞吻。

"所以，我最讨厌外国人啦。"春子不高兴地扭过头去。

"那孩子只有十六岁呢。腿又细又长，天真可爱，我们女人看着都喜欢。可日本的舞女呢，小女孩腰身就不娇嫩，硬邦邦的。姐姐米拉听说十八岁了，她们要从雷门坐电车回家，所以不行啦。你去问问辻本有没有别的，他似乎认识十五六岁的可爱白人女孩，还让她们在浅草商店街盛装出行，假装是歌舞剧的舞蹈演员呢。——刚刚那两个女孩，还有一个十四岁的妹妹，一个二十一岁的姐姐，四个人都在万盛座跳舞，被称做达尼雷夫斯基姐妹。"

俄罗斯姑娘赤裸的双腿，白得透明，又涂了香油，晶莹润泽，晚上，她们踏着柏油路走过的身影，如同绿色的酸浆果一般，比起和服浴衣下摆露出的赤足，更加具有夏日风情。

她们在舞台上跳舞时，肌肤汗水淋漓，把脸上涂的粉也冲掉了，那也是一道风景。

就连一个月前的六月初，在电气馆跳舞的春野芳子也因为这个汗水而烦恼，她对我说过，越是担心出汗，越是出得厉害。

却说弓子把赤木带到红丸号上去的时候，水族馆舞女的双腿已经冻得如同鲜红的玻璃一般。

那之后已经过了七个月左右。各位要知道，想把浅草七个月间的情形描绘出来，简直比追逐昨日的太阳还要困难。

此刻，就在松清町巡警派出所旁，春子像是抽出香粉纸一般，从和服腰带间掏出那张"浅草红座"的千社签，说道：

"我要说再见了。从'宿'过来的左撇子阿彦托我办件麻烦事。虽然我能力有限，不过这是浅草的规矩。这样说话是不是有点太一本正经了？再会啦！"

她说的"宿"就是新宿。

赤带会

四十

那个派出所在广小路与松清街交会处。

从浅草本愿寺后门出来，就在左侧，田原町公交车站西边。雷门是浅草东侧的正门，松清街是西侧的正门，这点自不必说。据统计，一年之中，涌入浅草的人流大约有一亿人，落入各类演出场所、餐饮店、艺伎馆的钱有一千两百六十万元左右。光是西侧入口的香烟店，每天的销售额就有两百元。

可是，这里的香烟突然滞销了。香烟店与浅草公园之间隔着一条马路。复兴局的道路改建工程让它的繁荣成了过去。

道路太宽，游客不方便过马路去买香烟。因此，在道路这半边，那些俄罗斯姑娘招摇过市，也不会引起人们注意。

"今晚需要红签吗？"我一边说着，一边盯着春子手里的千社签，当然我们是在道路这半边比较萧条的人行道上。

"是呀，你这么一说，的确都是红的呢。蓝签我用的太多啦，这么看来，我属于稳健派呢。"

他们的千社签不过是毫无恶意的恶作剧，是平民区的一种时尚。不过，有时也会成为他们的名片，他们的身份证明，甚至是一种危险信号。

在厚重的、能藏于掌中大小的唐纸上，用勘亭体写着"浅草红座"四个字，有时是红字，有时是蓝字，这是在模仿电车信号灯之类的。

比如，假设春子钓到了一个外地男子，跟他一起去雷门前明治制果的店铺时，会故意在门口丢下一张蓝签。路过的同伴发现之后就会去敲诈那名男子。

他们不知道何时何地会遇到什么人，会遭遇什么事情。所以趁对方不注意的时候，在脏兮兮的中餐馆门前贴一张红签，或是朝通往昏暗空地的路上撒一些红签。这是他们在发出危险信号，向同伴求救。

她们中的某个人下落不明的话，伙伴们会最先向乞丐流浪汉们打听消息：

"你们有没有看见过地上有这种签？"之所以这么问，是因为这些流浪汉为了感谢餐馆施舍的残羹剩饭，深夜和清晨会打扫餐饮店门口。

"我是用不到红签的，不过倒是被以前赤带会的义气人情给连累啦。阿彦让我告诉他，绘马俱乐部都有哪些人。虽然是从新宿过来的，可是这里的情况他不熟。我带着他一起闲逛，一一告诉他都是哪些人。实在太麻烦啦！我就想要么把红签一个一个都贴在他们背上算了。说真的，绘马那些家伙，就连绘马的与公，一定也想带着红签把自己卖了！"

"我觉得你不会主动去做危险的事情。"

"危险？哪里危险呢？再怎么，我也算是一个女人啊。既算不上放荡也没那么一本正经，不至于被男人揍呢。"

说完，她晃动着肩膀笑了起来。

"你看啊，那边二楼。"

墙上的衣架挂着一条花裙子，还有一顶女帽，上面有大朵的蔷薇。

那是山文旅馆总店，是紧挨着洋房旁边的一幢简陋日式建筑的二楼。

榻榻米正中的藤椅上，一个白人女子膝盖上抱着一个十岁左右的女孩。

"丝古内·琳塔拉和蕾娜·琳塔拉，芬兰的歌女和舞女，她们在帝京座表演呢。"

那里与生意惨淡的香烟店间隔着三四间门面。她们只有服装非常华丽，家当却寥寥无几。

四十一

春子提到了以往的红色腰带，其实，时间并没有久远到要称为"以往"。

胭脂色的丝织单层腰带风靡的那个夏天，诸位一定马上会想起来吧。

女店员、电话接线员、逛夜市的平民区姑娘特别喜爱那个腰带，胭脂色似乎散发着不良少女的气息。

那时，春子在浅草也扎着红色的单层腰带。那里有一个名为

"赤带会"的少女团体。

到处都在流行红腰带。这对于姑娘们来说是无法抗拒的魅力。因此，不仅浅草，几乎东京各处的繁华闹市都成立了赤带会分会。也就是说，很多姑娘仅仅因为喜欢红色腰带，就加入了赤带会。红色腰带实在是风靡天下。当然，红腰带并不是赤带会的特权，流行的红腰带恰巧与这个组织同名，于是姑娘们都被吸引进来。

诸位一定要警惕流行事物给诸位的子女带来的影响。

贤明的诸位，也许会嘲笑赤带会的姑娘们。可诸位知道吗，仅在浅草公园一处，就有多少愚蠢的姑娘被骗，被随随便便四处转卖？

"到了秋天，大家就会四散了吧。不可能一直扎着单层腰带啊。"前些天，我曾经对春子这样说。

"嗯，所以很头疼，想着秋天开始改成黑色腰带，黑缎子的那种。"

那时，浅草正好有一个名为"黑带会"的少年团体。而且，与赤带会之间，还出现了几对恋人。

"提出这个建议的是洗头发的阿丝。她称得上是大姐大，引领着前些日子日本馆那个色情舞蹈团《赤脚穿着木屐，走在新桥》① 的风尚，其实不过才十八九岁。她扎着黑缎腰带，实在是太般配了！不过可不是什么人都适合，于是，有人就嘟嚷起来了，说女子团体不管到哪里都一堆问题。像我这种傻瓜，知道最终还是要依靠女人的缺点而活，最是舒服。弓子和阿丝都应该向我学习！"

---

① 1930 年的流行歌曲名称。

"前几天，你把我介绍给阿丝没问题，可是她说，我跟她一起四处走很危险，要我别这样呢。"

"真的不要跟她一起。她跟红团不一样。据说以前阿丝洗了头发后在公园里走着，会引起血雨腥风。有段时间没有看见她，哪知道她竟然到百货商店做售货员去了。口袋里有了几个钱，又回到浅草。她一定像个老鸨一样，骗了好多天真无知的女店员！"

浅草与百货商店，诸位会认为春子这个联想荒唐无稽吗？

大河对岸本所的新小梅那里，有一个秘密组织总部，会员们主要在浅草活动。这个组织的名字，我虽然知道，但是不方便在此透露。据说，其中的女会员大多是百货商店的店员。红团团员详细告诉过我，她们在哪家百货商店哪一楼层的哪个柜台。我曾经去百货商店看她们，可是到了她们旁边，我实在不忍心抬起头来看她们。这只是其中一个例子。不过，阿丝与这个组织并没有关系。

我想诸位不会不谙世故到以为我举的这个例子荒唐无稽。事实上，"浅草的社会学"更加荒唐无稽呢。

例如，信州的纺纱女工与浅草，连我听了这个都不寒而栗。

"信州纺纱行业终于要崩溃了吗？"

诸位一定在七月十三、十四日的报纸上，看到了这个大标题的报道。

下诹访、冈谷、凑、川岸、湖南、上诹访、宫川、玉川、永明等。诹访郡三百多家纺纱工厂，因为生丝价格暴跌，全部停工。停工范围很快从信州一带蔓延至静冈、山梨，乃至整个日本。

已经有近十万女工失业。

她们将何去何从？

也许回到山里乡下的老家？也许团结起来与资本家斗争？可是，这只是她们中的一部分人。

据说浅草有一群可疑的人贩子已经前去迎接她们之中的一部分人了！

霉菌与歌舞剧

四十二

湛蓝的葫芦池。到了夏天，停滞的水中蓝色的水藻如同霉菌一般繁殖。

从岸边上来，穿过昏暗的树林就是一个广场。午夜两点已过。

二十几个人围成一圈蹲在长椅前面。过去一看，原来是在斗螃蟹。他们双手拿着用绳子捆好的螃蟹，让它们用钳子互相夹斗。螃蟹身上满是白色尘土，钳子耷拉着毫不动弹。白衣巡警也在一旁观看，后来苦笑着走开了。

"喂！"身穿羊驼毛呢衣服，头戴假巴拿马草帽的男子，笔直地站着问道：

"怎么样？找到工作了吗？"

"先生，我都到芝浦去了也没什么收获。捡到这么个东西，天亮以后您看看，孩子一定会喜欢的。"

围成一圈的男人们一起抬起头来，站着的男子有些得意，一边扇着扇子，一边去巡视各处的长椅去了。近来，那些年轻的刑警们看见公园里的老面孔都快要打招呼了。因为公园里新来的流浪汉太多，他们不认识哪个是刑警，实在是太失礼了！

"苍蝇、跳蚤、病得神志不清的猫、得了日射病的马、男人、女人、忙得不可开交的酒店、街上的杂耍——这就是夏天。"

"夏天如同一场马戏。任何事情都可能在夏天发生。冬天，大家都在屋子里度过，而夏天则在路上生活。"

因此，一到夏天，长椅和檐下如同天堂里的床铺。在日本没有第二家宾馆，像夏天浅草的大地一般，拥有如此多的床铺。

有人说："用算盘也绝对算不清流浪汉的数目。"

官方的统计并不可信。官厅来调查的时候，他们事先已经探得信息，躲到别处。所以，这家宾馆的客人到底是五百人，还是八百人，没人能够数得清楚。即便如此，今年夏天这里的流浪汉也实在太多了。

如同葫芦池的水藻，他们一到夏天就突然出现，迅速繁殖。即便如此，今年夏天这里的流浪汉也实在太多了。

其中缘由自然不消说。

就连团十郎铜像的刀柄被盗一事，报社记者不都归结为经济不景气的原因了吗？

"乞丐儿童""全家自杀"这些怪词，诸位早已熟悉。"不景气"和"色情"，一九三〇年的报社记者们只写这两种主题的文章。

光说人世间的不景气，已经不够刺激了。于是甚至出现了"岂止是令人为难，这不景气连菩萨都不放过啊"这种标题。报道内容是调查浅草观音的香资，据说因为不景气，参拜香客捐的钱反而增加了，这也是人之常情，不过那是去年的事情了。今年据说金额已经少得不像话了。

"菩萨也寂寞"，他们以此为题，报道盂兰盆节的礼品和供物滞销之事。

即便浅草，也是如此。比比看去年年底和今年中元节的促销活动吧。浅草商店街上竖起大促销的拱门，屋檐搭起蓝白两色方格图案的阳篷，再装饰上牵牛花，也许是日本天剑花或者葫芦花，虽然是便宜的假花，可毕竟开着喇叭状的花朵。而其他地方的商店街，不要说笛子、大鼓了，就连店面都没有好好装饰。

五月份三社祭的时候骑着神马的少女，到了六月份就不得不用她的身体来养活一家人了，听到这种事情，你也无需惊讶。

我与左撇子阿彦结识，其实也与不景气有关。

因为他敲诈我："帮我买件浴衣吧。"

四十三

　　七叶树新绿飘香的巴黎，香榭丽舍大街一带洋溢着浓厚的歌剧氛围——富于戏剧性的女高音奥德特·德里迪女士独唱。

这是松竹座海报上的文字。七月份第一周的轻歌舞短剧。
第二周则是：

　　珍珠般的裸体，散发着浓郁的性感之美——俄罗斯舞蹈家瓦蕾娜·拉托森科女士一行。

万盛座则是塔玛拉、米拉、瓦利亚、卢法——达尼雷夫斯基姐妹的大都会舞蹈团。吉卜赛舞蹈、哥萨克舞蹈、西班牙舞蹈、爵士舞蹈、美人鱼——俄罗斯姑娘用带着甜美口音的日语，合唱《神田小调》和《当世银座小调》。

帝京座"混成舞蹈团"的海报上，是丝古内·琳塔拉和蕾娜·琳塔拉——来自芬兰的歌女和舞女，母亲丝古内演唱《袈裟调》①，十岁左右的女儿蕾娜则头戴花冠，身穿长袖和服，跳起《佐渡袈裟舞》。

一转身，蕾娜又女扮男装，身穿黑缎礼服，头戴高筒礼帽，单手拿着手杖，一边唱着：

> 我是查理·卓别林，
> 永远快乐的小丑
> ……

一边走起卓别林特有的鸭子步，过一会儿又跳起哥萨克舞蹈，令人目不暇接。

七月浅草的演艺场馆中，没有哪位艺人如同这个少女一般获得鼓掌喝彩。

看来，浅草的民众对于来自异国的艺人特别热情，尤其是对童星，更是无可挑剔。

演出结束后，蕾娜从后台走到看台包厢去兜售她的明信片。她真的很美，令我想起十多年前的中国少女林金花。

---

① 新潟县民谣。因歌唱妓女袈裟，而在花柳界流行。

诸位，请允许我沉浸在悲伤的回忆中片刻。

"林金花到新宿去表演了！"

那是今年正月二号那天。我特地前往新宿一个寒酸的帐篷剧场。林金花并没有出场，都是假冒的歌舞剧表演。顺便说一下，帐篷剧场旁边的简易小屋挂着"熊姑娘"①的招牌。她就是今年春天在浅草商店街后面演出过的那个美丽的熊姑娘。

就在熊姑娘表演场的位置，今半餐厅旁边，以前曾是马戏场。我就是在这个马戏场，看到了林金花。

那年她和蕾娜一样年仅十岁。少女用纤细的身体表演着神奇的杂技，如同神奇的虫子一般美丽。那是高贵而忧郁的虫子。她那时候也会到观众席兜售她的明信片。

前几日，我竟然在时隔十年之后，再次见到了林金花。

"喂，我们走吧。她怎么变得那么丑——又矮又胖，看那下贱的脸上涂的口红！"

左撇子阿彦目瞪口呆，他回头看看我的背影，却并没有跟上来。那是在浅草的江川大盛座。

七月的浅草，我看着瓦利亚·达尼雷夫斯基美丽动人的双腿，不由得想起安娜·鲁波斯基。

诸位，可否在我回忆这当儿读一读我一九二三年时的文章呢。

○

秋雨之中，金龙馆的歌剧女明星和她同为歌剧演员的母亲同撑一把伞，走过神乐坂。母亲拿着伞跟随在女儿身边，如同

_____

① 指患有多毛症的女孩子。

侍女一般。而女儿则非常温婉安静地走着。

大概舞台和住宅都在地震中烧毁，女儿和母亲看上去有些委顿。人们看着女儿的洋装，看见二人的样子，与其说憎恨女儿，更多是对爱护女儿的母亲抱有几分好感。

○

这个女儿——在此写出也无妨吧——就是近来在电影界东山再起的相良爱子。

四十四

继续引用我七年前写的文章。中间部分先略过不记。

○

言归正传。秋雨中，歌剧女明星同撑一把伞走过神乐坂，是大地震后十五天左右的事情。

那时，我回想起了四五年前浅草冬日的小雨。

日本馆因歌剧演出而兴盛，就连泽田柳吉①都在舞台上弹奏着《月光奏鸣曲》。当时，因革命而逃亡来的一群俄罗斯人在那里演出。

其中有一位冈·斯塔夫斯基夫人。如今应该在鹤见花月园演出的尼娜·帕瓦洛娃也曾在该团跳舞。还有安娜·鲁波斯基、达尼尔·鲁波斯基、以色列·鲁波斯基三姐弟。姐姐安娜十三四岁，以色列也就十岁上下。安娜高贵而美丽。

---

① 泽田柳吉（1886—1936），大正、昭和时期的钢琴家。

当时还在第一高中读书的我，和朋友 A 一起等着安娜从后台出来。一个衣衫褴褛的俄罗斯老人陪着三姐弟。安娜的外套虽然非常合身，可是已经破旧。他们如此贫穷，实在令我吃惊。

一家四口人，站在御国座北边的旱冰场前。安娜的脖颈到我的肩膀这里，我能够窥见她的肌肤。

安娜用沾着泥巴的鞋子踩了旁边的初中生一脚，然后满脸通红扑哧笑了。初中生也满脸通红。

四个人走到池塘旁边，父亲鲁波斯基买了一点炒栗子。

她们进了御国座对面寒碜的廉价旅馆。

我们抬头望着廉价旅馆的二楼，站了一会儿。

"我明天住到她们旁边的房间去，把安娜买了。有五十元差不多了吧。" A 对我说。

过了一会儿下雨了。我们想到御国座的屋檐下避雨，回头一看，大吃一惊。有一个人靠在墙边，全神贯注仰头望着安娜所在的二楼。就是刚才被安娜踩了脚的初中生。

这个安娜令我长久难忘。

有段时间，我想写一部奇异的长篇小说，以浅草公园为背景，出场人物有藏前烟草工厂的女工、电影院的女服务员、马戏团的姑娘、表演踩球的姑娘，总之都是些卑贱女子。我想把这个安娜和表演杂技的中国少女林金花也写进去。

还有一个可悲的外国人，那就是今年从美国来的怀特马戏团的团长。在吾妻座的废墟上，团长搭了一个三十多米高的梯子，从最顶端跳到下面的小池塘里。

曾经有一个身材高大的女子从十五米高的地方，摆出海鸥的姿势跳下来。的确看上去很像海鸥，身形很美。

据说怀特马戏团的团长和团员们像日本人那样以水代酒，交杯作别之后就登上梯子。他在梯顶对着星空祈祷。站在下方的人都可以想象得到上面寒风横扫的星空。

团长猛地挺胸，反身头朝下跳下，在空中慢慢转体一周后落入池中，此时脚正好在下面。

团长表演着如此惊人的技艺，可是态度却异常冷淡。登上梯子的时候他对着观众一笑不笑，落入水中之后用手划水两三下游到岸边，头也不回走进后台。而且自始至终，他都好像对于自己的表演毫无兴趣，一脸忧郁。

我们都觉得这个团长很有意思。想在隔壁十二层塔楼顶观看这个团长跳下的样子。

○

我想写这样一部奇异的长篇小说。我所说的这部小说，诸位，十年过后终于在此写出来了。

四十五

可是，诸位，其实讲讲歌剧兴盛时期的往事，我完全不必有任何顾虑。

如今的浅草，十年前的歌剧女演员又东山再起，摇身变成轻歌舞剧的舞女了。

于是，一九三〇年的七月，那个对于"爵士活惚舞"都毫不吃惊的我，面对着蕾娜·琳塔拉等帝京座的"混合舞蹈团"，不得不说：

"这实在是混合得过分了！"丰年斋女海坊主和松山浪子的混合舞蹈《缰绳》，实在令我大跌眼镜。

那个"和洋爵士合奏"——浪子扮作身穿水手服的蓝眼睛水兵，女海坊主则是身穿长袖和服的日本姑娘，她们手里握着缰绳，举手投足一副恋人模样。可是，水兵跳的是西洋舞蹈，而日本姑娘则跳着日本舞。

曾在天胜一座跳舞的泽茉丽诺，也来到六月的昭和座追赶"混合"风潮，表演十年前的舞蹈《摇篮曲》和《吉卜赛生活》——但是脸上稍微一动，就现出皱纹，如同猴子一般。

与此相较，音羽座的木村时子演出时那种厚颜无耻的青春年少，就连不良少女们都惊呆了："这世上真有这么恬不知耻的女人吗！"

日本馆，色情舞蹈团在进行第一次公演。

性感女郎裸体大乱舞。

诸位，这可是海报上的文字啊！

东京馆是北村猛夫、藤村悟朗。藤田艳子等天鹅轻歌舞剧团的剧目是：

裸体进行曲。

所有的演出都离奇怪诞！

日本馆那边，满身愚蠢脂肪的河合澄子回归了。

泽薰从观音剧场转战浅草剧场。田谷力三和柳田贞一则是时而出现，时而消失。歌剧演员的清仓大甩卖，也该结束了。

电气馆里，派拉蒙公司的电影展已经办到了第四场、第五场，那是六月份的事情。而春野芳子的爵士舞蹈和南荣子的查尔斯顿舞，是唯一具有一九三〇年特色的舞蹈。

就连初音馆都把女义太夫调①表演《孤城落月》赶跑，海报换成了：

　　　　超尖端演艺大会。

所有一切都是轻松喜剧、文艺汇演、轻歌舞剧。

河合澄子舞蹈团的《唐人阿吉》和卡基诺·胡里奥剧团的《接吻舞》，实在太过色情，遭到有关部门严厉批评。

我和春子一起散步时，被俄罗斯姑娘越过的第二天，上述浅草的轻歌舞剧，我从头到尾看了一个遍。

然而，

　　　　深重的生活苦难，
　　　　令帝都狂人泛滥。
　　　　各大医院人满为患，
　　　　轻症患者陆续出院。

这不是轻歌舞剧的海报，而是报纸的大字标题。

---

① 日本传统音乐之一，是与偶人戏相结合发展起来的净琉璃，由竹本义太夫首创。

左撇子阿彦

四十六

　　浅草的流浪汉大多精神有些异常。浅草就如同一家大型疯人院。不过，并非所有露宿者都是乞丐和流浪汉。毋庸赘言，这个夏天，大批失业者涌入浅草。当然，乞丐和流浪汉的数量也增多了。

　　可是，由于经济不景气，残羹剩饭少了。乞丐讨来的少了。长椅的数量也有限。而且，这些长椅以往就有严格的地盘之分。如果侵犯了别人的领地，会被赶出浅草，甚至会丢了性命。总而言之，如同葫芦池里的水藻一般繁殖的他们，迎来了"饥馑时代"。

　　我曾听说，从廉价小旅店落魄到街头露宿的一个打零工的，傻人有傻福，找到一份不错的工作，戴着头盔，叼着香烟，把剩下的钱都买了焰火。他一回到公园，就开始砰砰地放起焰火。

　　"想想看，这家伙是新来的，大家都不认识，所以想靠焰火来讨大家欢心呢。等天一亮，又要变回吃剩饭的小工了！"

　　那些看螃蟹斗架的，也都是些占不到长椅的新来者吧。

　　放眼望去，所有的长椅都满员了。如果一张长椅上坐了三个人的话，那大家都没办法躺下。

我悄悄朝着昏暗的树林走去。在混凝土拱桥上听到这样一段
对话：

"你本来不就是流浪汉吗？说什么去旅行，首先，钱有吗？"

"一看你就赚不到大钱。你听好啊，信州那里满地都是姑娘，
年纪又轻，又流浪街头，要去骗她们，简直太容易啦！"

"你有可以骗她们的小白脸吗？"

"没关系！人靠衣裳马靠鞍嘛。"

"衣服的话，花个二三十块就够了吧。"

"这买卖就像是印假钞，一个人能赚一千块呢。"

"不要乱讲哦。"

"我们好好干它一场，这也是拯救社会呢！"

我听得毛骨悚然，赶紧走开了。

诸位，这些人并不是流浪汉，而是三个男人在密谋组织女工诱
拐团，前往失业者激增的信州。

如果他们只是在做着发财的美梦也就算了，可是想想他们平日
的手段，还有那近十万失业女工，这真的有可能发生。

因此，信州的警官们啊，你们与其警惕那些社会运动家，不如
赶紧把他们抓起来。

当然，不必多说，这只是我个人的美好愿望。这点防范措施对
她们的前途根本毫无帮助。我还是不要谈论这些，继续讲讲附近公
园里的少女吧。

"那孩子只知道疼，完全不知道自己在干什么。"左撇子阿彦一
脸正经地边笑边说。

"能不能帮我买件浴衣？"

阿彦突然问我，我条件反射地露出了不快的表情。

"就是妇人俱乐部那款'南国之夕'，听说五线罗纱面料的比较好。"

"是要送给你的相好吗？"

"欠揍啊，不要小看我哦。我不知道你和弓子是怎么交往的，我还不至于老糊涂到连给女人买浴衣的钱都要敲别人竹杠。"

"可你不是要给女人买浴衣吗？"

"你这人怎么就不明白呢。我是买给十四岁的小女孩。我跟她开玩笑，说要给她买浴衣，结果那孩子就当真了，像信神一样一点都不怀疑我。我实在不忍心骗她。当然，她是妓女，虽说是一周前刚刚开始干这个行当，那也是烟花女子。不过，我可没有那么小气，想用一件浴衣收买女人的心。我想从玄关——当然，她住的房子没那么时髦，没什么玄关——把浴衣从门口扔进去，然后扭头就走。"

"叫什么？五线罗纱的'南国之夕'吗？"

"谢谢啦。我也不是没有那三元四十五钱，可我手里的钱都不怎么干净。你的钱比我的好，都是清白的。到时候，我让你见见她，她的事情你经常写写，写一晚上不就可以买十套二十套浴衣了。"

也就是说，为了重振白矢一家，从新宿过来的"左撇子阿彦"被不知道他来路的皮条客带去嫖雏妓。

我在前往浅草的路上，看到一辆装满黄菊、白菊、红菊的货车，那还是六月份的事情。

而阿彦是在三社祭那天来到浅草的。

听说，趁着"浅草著名的血祭"的热闹，一些危险分子回到了浅草。

四十七

关上破旧的木板套窗，罩上一块像是床单又像是被套的布，与隔壁三张榻榻米大小的房间相邻的那扇拉门玻璃上，贴满了黄色的纸。这间六张榻榻米大小的房间里只有一个又小又旧的梳妆台，这种房子的梳妆台为什么镜子大多是有裂纹的呢？还有，衣架上搭着四五件毛巾质地的女式浴衣。

阿彦曲肱为枕，闭着眼睛。一切都那么安静。在楼梯上不停上上下下的皮条客，让人觉得实在可笑。阿彦不经意间进到别人家里，却感觉如同自己的隐居之所一般，心平气和。

十点半已经过了。说是看电影去了的姑娘还没有回来。

"她肯定是走回来的。一个女孩子，走得慢，还是有点远的。"

"是到什么地方闲逛去了吧。"

"她还只是个孩子呢。一个人外出，没什么地方可去。"

"不要慌嘛。就算是女人不见了，我也不会说你是骗子。"

"嗯，我就住在这后面。那孩子不会晚上出去闲逛的，我只给了她二十钱。"

"那你住的地方在不二家咖啡馆附近了！"

"先生，您也住在附近吗？"皮条客抬起头盯着阿彦。

"不是不是，那家门口招揽客人的女服务生也做了很久了。"

"嗯。"

"听说阿蜜生了孩子之后，人也憔悴多了，是真的吗？"

"这些，我不太知道……"

"你刚刚从公园过来的时候，绕了一个大圈子吧。从水天六前面经过的。"

"您说的是哪里？"

"你不知道吗？就是和裁缝一家对着干的小偷头领。现在业余在卖收音机，听着还挺时髦。他有一个可爱的女儿，扎着裂桃式的顶髻①，有点卷毛儿，和她爸爸两个人相依为命，爸爸负责看店。爸爸叫水天六次，虽然是个小头目，可是毕竟刚刚出道，还比较老实。我只是见过他，其他都是从跟他一起进了监狱的小伙计那里听来的。也是公园里的小混混，说是四五天前在电车里遇见六次，回到家才发现裤子口袋里有四张五十钱的钞票。他高兴得不得了，连说师傅的本事仍然很厉害。"

"她应该快回来了。"皮条客说完溜出去了。

一个老太太上楼来，把一盒火柴放在阿彦面前。老太太黄黑色的长脸上，鼻子尖儿架着一副老花镜。阿彦依旧躺着，没有起身。过了五分钟，老太太又上来了。这次拿来了廉价的蓝色玻璃烟灰缸和杂志。

"让您等得无聊了吧。估计她在吃什锦凉粉呢。这有几本小孩子看的书，您大概也不爱看吧。"

杂志是《少女俱乐部》，从正月号到六月号的，六册都在。

封面插图都是闺秀千金的照片，阿彦翻了翻，听见隔壁三张榻榻米大小的房间里传来刚刚睡醒似的鼻息声音。他坐起身来，可是

---

① 发型状似桃瓣，是少女的一种发式。将头发左右分开束起，再在头部后上方盘成环状。明治、大正时期流行。

没地方能看到隔壁。

小姑娘回来了。皮条客上楼来，像是松了一口气。

"喂，隔壁有什么人吗?"

"哦哦，是一起合住的，一个女人。我让她到楼下去，没关系的。"

"她还睡着呢吧，你要叫醒她吗?"

"没关系，没关系，我去跟她说。"

就在这时，照惯例小姑娘过来上茶，可是令阿彦大吃一惊的是，这姑娘不同寻常。身穿元禄袖的浴衣，露着小腿，扎着淡蓝色的兵儿腰带，两个小辫子垂在肩上，看上去不过是一个刚刚从小学放学回来的调皮孩子。

少女俱乐部

四十八

女孩好像还不曾化过妆。一个人再上来的时候，脸已经不那么红了。

"电影好看吗？什么电影？"阿彦问道。

"嗯嗯，名字叫《手臂》。"她突然像和小学同学聊天一般，说着走了过来。

"是帝影①的吧。"

"不是，牧野②的。"

"哦哦，帝影的《手臂》还没上映呢。我已经等了一个多小时了。"

"是吗？我去了三轮。"

"那比浅草还远呢。"

"没有啊，很近的。大哥，你穿这件吧。"说着，她从衣架上取下来一件印有大大的源氏车③家徽图案的浴衣扔在阿彦脚边。

"你等我一下啊。"

"哦。你每个月都看《少女俱乐部》吗？"

"嗯嗯，两三年前开始一直订的。"

"不是有很好看的浴衣吗？"

"好漂亮啊！"阿彦仍旧枕着手臂躺着，女孩坐在旁边，膝盖几乎碰到了阿彦的手肘。

那是"妇人俱乐部浴衣"的图案目录。《少女俱乐部》六月刊的附录广告长长地伸展在杂志外面。

"我帮你买一件吧。"

"真的吗？"

女孩的脸一下子灿烂起来，令阿彦吃了一惊。那表情说明女孩所有的心思都在新买的浴衣上了。她没有觉得那是阿彦在开玩笑，不觉得那是谎话，更不觉得奇怪可笑。她没有意识到这是妓女与嫖客之间的对话。

"哪件好呢？"她全神贯注翻看着图案目录，如同一个孩子，没有意识到应该说谢谢或者对不起啦之类的。

"以后再慢慢看吧。"

"嗯嗯。你等我一下，我去趟荞麦面店。"就像小学生让自己的朋友等一下似的，女孩呱嗒呱嗒地下楼去了。

阿彦的双脚从脚踝以下露在外面，这是一床儿童用的被子。

隔壁三张榻榻米大小房间里的女人偷偷出去了。楼下传来吃荞麦面条的声音。

"你不吃吗？"

---

① 帝国电影演艺株式会社的简称，1920 年成立于大阪。
② 牧野电影制作所的简称，1923 年成立。
③ 日本古代贵族乘坐的牛车的别名。

"嗯嗯。如果有客人来了，就请全家吃荞麦面条。"

"算是庆祝吗？"

女孩如同躺在手术台上一般，呆愣愣地看着阿彦。

"你什么时候小学毕业的？"

"今年三月份。"

"真有十五岁了吗？"

"没有，十四岁。"

说完，她瞪大了眼，明亮的目光向上，双手打开一张纸举在眼睛上方，声音清脆地开始朗读：

"……患病后，如果仍不注意，放任不管，身体各部位将会出现种种问题，不仅本人不幸，甚至还会破坏家庭和睦，祸及子孙。"

"喂。"

"可以放很长时间呢。"

"什么？"

"这上面写着：本药剂不会变质。"

"那么难的汉字你都看得懂啊。从寻常小学四年级开始就看《少女俱乐部》了吧。"

"浅草的，儿童图书馆，现在，也经常去……"女孩的声音断断续续，额头上挤出了皱纹。可表情依旧那么平静自若。

他们马上起身，一起翻看图案目录。

"你觉得哪个好？"

"我想想我也不知道，我去问问妈妈。"

阿彦也下到一楼，到房间里瞟了一眼。里面有三个女人，刚才的老太婆、一个骨架棱角分明的三十多岁的女人，还有一个年轻女子只穿着红色的针织衫和内裙。那女子圆润的曲线很美。

四十九

这是题外话了。我有一个表妹住在浅草藏前。十四岁，读女校一年级。据说她的两个小学同学加入了一个名为"紫团"的组织。其中一个同学是知名喜剧演员的女儿。所谓"紫团"，并非是在打趣"红团"，是真有这样的组织。十四岁的表妹并不知道我在写《浅草红团》这部小说，也不知道浅草紫团到底是干什么的。只知道那两个同学从小学时候开始，"和男人一直有书信往来呢"。

我这个表妹前日到我这里来，我当日已有约在先，又不能把这个孩子一个人留在家里，只好带她去了浅草。在电气馆后台，她和爵士舞的舞女们六七个人一起拍照。

"叔叔，我拍的那些照片不会在什么书里刊登出来吧？"从那以后，每次遇到我，她都会这么追问，很是担心。

她害怕去浅草的事情会被老师发现。据说她所在的女校，除了参拜观音菩萨之外禁止学生去浅草。

我也希望她这个大家闺秀没有见过什么浅草公园。总而言之，说到十四岁的女孩，我只认识她一个。因此，听阿彦所讲也觉得合情合理。

"不是什么漂亮不漂亮的问题，你知道吗，简直就是小孩嘛。"

阿彦一边等着女孩，一边仔细翻看着六本《少女俱乐部》封面上"不知浅草的千金小姐们"的照片。

"那些女孩真是漂亮。举止娇媚，风情万种。可是不该那样啊。

浅草一带到吉原周围的小女孩都很早熟，可也不至于那样啊。"

女孩从来没有听男人说过，要为自己买点什么，因此不知该如何理解。她不是把玩笑当真了，而是完全没有想过二者之间存在差别。

"我去问问妈妈。"这么说着，她忘记了自己刚才干的事情，兴冲冲起身下楼，那股天真劲儿令左撇子阿彦吃惊。

楼下的大人们会不会把她狠狠骂一顿呢。

可是，女孩手里拿着杂志，长长的附录广告插页拖在外面，又跑上楼来劈头就说：

"都说'南国之夕'很适合我。"

"哪一个？是这个曼珠沙华图案的吗？这个适合千金小姐们穿呢。"

"姐姐帮我选的。"

"姐姐，是穿红衬衫的那个吗？"

"嗯嗯，是我嫂子。"

"你哥哥呢？"

"去北海道打工了。嗯，还有一个女孩，那是我亲姐姐。"

"好像有真冈和五线罗纱两种布料，你喜欢哪一个？"

"真冈是什么样的？"

"类似毛巾质地的，面料比较好的那种。"

"五线罗纱好吗？"女孩的脸上第一次露出犹豫的神色。似乎这才开始盘算。

"不过，你不仔细告诉我这里的地址的话，我找不到呢。"

"嗯嗯，我画张地图。这个可以吗？"说着，她抬起刚刚盯着的纸，一边舔着铅笔，一边说道：

"这里是龙泉寺的公交车站。这边是浅草，这边是三轮，你看得懂吧。"

接着，她把门牌号码和门牌上母亲的名字也写上了。

她和母亲一起目送阿彦离去，拉开楼下房间的拉门，女孩只把头探出来，问道：

"下次什么时候来呢？明天，还是后天？"那口气倒是有点大人样儿了。

松旭斋天胜^①

五十

左撇子阿彦敲竹杠，让我买与谢野晶子先生设计的"南国之夕"浴衣，那是入梅以后第三天的事情。据说"妇人俱乐部浴衣"的罗纱面料，浅草的布店尚未到货。

"没办法，那就买真冈的吧。有一套三元四十五钱和两元四十钱两种，我不想让她觉得我想省一块钱，索性你买两件吧。"

"那个叫'浅草红团'的'文艺春秋浴衣'怎么样？"

"多少钱？"

"两元三十钱。"

"一元的就可以了。"

"今晚你要带过去吗？"

"你不要小看我哦。就一两套浴衣而已。我明天早晨过去。像邮递员一样扔下就走，再不会去第二次了。"

第二天早晨，盛夏酷暑难耐。

女孩的家前后门大敞四开。其实，那房子前后门没什么两样，因为没有玄关。一进门旁边就是厨房。老太太一边擦着手，一边从厨房走了出来。楼下也是三张榻榻米和六张榻榻米大小两个房间。女孩在对面六张榻榻米大小的房间里，一个人缝着浴衣。南面的阳光照在端坐着的她的侧脸上。一幅上午安详的家庭场景。

"请把那个孩子叫来。"

女孩一脸严肃站在那里。

"这个……"阿彦把装着浴衣的纸包递了过去，女孩现出欣喜的表情，整张脸似乎都绽放开了一般，如此开心的面容，阿彦从未见过。

"说是罗纱的还没有来。我就又买了一套面料差一点的。"

女孩只是应了一声"是嘛"，跑进屋里对母亲说了什么，然后把纸包放在旧衣橱上，又坐到房间里刚刚缝制的衣服面前。

"实在是太感谢您啦！"女孩的母亲替她致谢，"请进来休息休息，擦擦汗吧。"

"没事，给我一杯水吧。"

母亲端了杯水过来，一边对女孩说道：

"你也先停下吧。"

"嗯，我把袖子缝上一半就好了，妈妈。"

"您进屋凉快凉快吧。"

"不，我这就走了，再见！"

女孩停下手里的针线，一直看着阿彦，大声问道：

"就回去了吗？过两三天再来啊！"

"不再休息一下吗？"

---

① 松旭斋天胜（1886—1944），日本女魔术师。

"嗯。"

"这样啊。你过来。"

女孩被母亲叫了过来，眼睛湿润着。阿彦不由得多说了一句：

"要么带你去看电影吧。"

"真的吗？你等一下，我去换件衣服。"还没说完，女孩已经拿着腰带进到房间里去了。

"我真是没用，竟然拐骗小女孩。"阿彦自嘲似的笑了。

"一个人不行，再叫上谁吧。"

"噢噢，姐姐可以吗？"女孩说完，站在楼梯下，朝着楼上喊道，"姐姐！"

五十一

1. 名曲拔萃·音乐大合奏。2. 儿童剧《画笔之魂》。3. 音乐喜剧。4. 首映·大魔术。5. 海洋舞蹈。6. 小品——A《出门靠旅伴》B《卧铺车厢》。7. 牛仔舞。8. 小品——C《谎言》D《钓竿女郎》。9. 英国蔷薇战争哀史·魔术化《大炮》。10. 新舞蹈《五节日》五景、A《正月》B《偶人节》C《端午节》D《七夕》E《菊花节》。11. 空中杂技大冒险。12. 幽默新魔术《埃及的乐园》。以上是松旭斋天胜一座的节目单。

剧团于六月七日在昭和座首次公演。新筑地剧团在五月末模仿《是什么让我们进军浅草》，推出《是什么让她变成这样》《筑波秘谈》。这是那之后的事情。

各位，

イット

IT

いっと ①

分别用三种文字书写的旗帜，在七月的风中飘舞。那是观音剧场。日本馆启用"色情舞蹈团"这一巧妙的名称之后，就连松竹座也大书"色情舞蹈"。各处纷纷在海报上添加"色情"字样。如此有始无终的洋腔尚可，如果收集一下最近浅草"骗人歌舞剧"海报上的字句，那简直就是色情狂的记事本。各位可以傍晚到池之端棚屋后面的小路去走一走，据说那条路上白天也会有人公然敲诈勒索，那里是"色情女王们"后台的出入口。她们在那里乘凉。各位会发现我说的达尼雷夫斯基姐妹如何美貌，完全是因为夜晚光线的缘故。她们的腿比日本人还要黑。

不过，与"骗人歌舞剧"相比，天胜一座的节目单的确出色得多。魔术的道具将舞台装饰得光彩夺目。年轻的舞女们面对观众的表情巧妙而美好。但是，眼看要抱孙子的天胜居然扮演女学生，而且每一幕都有她表演，出尽风头。松冈亨利的空中杂技很精彩。稀奇的是，泽茉丽诺受到器重，竟然表演了舞蹈。不过，最令左撇子阿彦惊讶的是，演员们在舞台上向观众席投掷各种物品。扮演"画笔之魂"中画家角色的泽茉丽诺，摆出棒球投手一般的姿势，把三四十个装着豆馅面包的纸袋投向观众席各处。

---

① 性感之意。同一单词分别使用平假名、英语及片假名书写。

投出面包之前，她有一句台词："浅草广小路藤屋的面包很好吃。"这是在给面包店做广告。

魔术表演的时候，男助手散发了一百多张印有天胜照片的卡片，如同快速飞行的蝴蝶一般甚至落到观众席后面。照片旁边赫然印有化妆品的广告。

还投了森永的糖果和小点心。

松冈亨利投的则是苹果。

每当这个时候，观众席就会人声鼎沸。很有家庭氛围，小孩子很多。

阿彦带来的女孩，每次都会站在椅子上高高挥动手臂。所以，东西一定会朝着她扔过来。姐姐的膝盖上已经堆满小礼物。回家路上，女孩仍然欢喜得蹦蹦跳跳。

与她们分手之后，阿彦径直来到我这里。

"我第一次看魔术，那简直就是傻子做的美梦嘛。你也去看看吧，明天怎么样？话说回来，她姐姐抽抽搭搭的，说是不忍心看着妹妹每天说疼不疼的所以愿意代替她。可是，婆婆不答应儿媳妇这么做。我估计她老公一定是被卖到北海道的监狱里去了。她恳求我帮帮她。说是回去跟婆婆说，其实已经这样了，既然有过一次，婆婆说不定会答应她。这种人情，我实在没办法答应。怎么会把我看成那种人呢！要么你怎么样？就当积个功德。她长得很白，圆圆润润的，还不错呢。"

河堤阿金

五十二

拥有七十多项前科，出生于牛込横寺町旗本①之家的小姐，在浅草公园淡岛堂后方横死路边。

提起浅草的名女人"河堤阿金"，不少人马上就会想起她醉酒的身影。那个仰面朝天躺在人群中央滔滔不绝又大放厥词的老太婆。

浅草本地人看了最近的歌舞剧，便会笑道：

"大概是日俄战争的时候吧。有一个节目叫'海女②潜水'。和那个比起来，穿着泳衣跳舞还算典雅的呢。"

一个大水桶。里面种着海草，贝壳在深深的底部闪着光。海女戴着潜水眼镜，只穿一件红色衬裙，在水中披头散发，如同画家歌磨所绘采鲍鱼的女子一般拾起桶底的贝壳。这是一种水中舞蹈表演。据说曾经涌现出"美人鱼阿松"这样的名角。

可是，我们不必听浅草本地人讲起那些陈年旧事。河堤阿金六十二岁横死路边，是最近的事情，那些穿着肉色紧身裤、表演踩球的女孩们已经从浅草消失了很久。

原计划明治十七年建成，但一直没有完工的雷门这座浅草的正门，都因为废品批发商家的女儿阿银而被烧毁。如果说起浅草女子的历史，那真是讲也讲不完。

茶馆里的沏茶女最早出现于二百年前。此后是杂货摊的女子。杨柳弓射箭场里拾箭的女子。进入明治之后，酒铺的女子开始登场，然后是报纸阅览室的女子。围棋会馆的女子。裸麦米饭店里的女子。打靶场的女子。十二层塔楼下的酒铺开店时，已经是大正时代的"大正艺伎"了。大地震之后，连同十二层塔楼一起，各种女人都从浅草消失了。

可是，嘉永年间，出入轮王寺法亲王府邸的园艺师森田六三郎获得御赐的庭院，据说就是今天在浅草的演艺场里历史最为悠久的花园，时至今日仍然表演着木偶戏、山雀曲艺，还有真人大小的偶人戏等旧戏，令人想起当年偶人名家安本龟八的菊花偶人红极一时的盛况。

　　花园　纳凉　昼夜开园　戏剧　山雀　木偶　歌舞剧与舞蹈

各位，这是"电光快讯"上的字句。用灯光描绘的大象、猴子拉着这些字句，在大门上方走过。越来越多的演艺场开始用霓虹灯装饰门面，而花园的"电光快讯"则是一九三〇年夏日浅草的绝对头牌。

---

① 日本江户时代俸禄在一万石以下、五百石以上的直属将军的武士。
② 潜入海中以采捞海藻、贝类等为职业的女性。

最为古风的花园尚且如此。那些女人虽然消失了，但与这"电光快讯"不相上下的女子一定已经在浅草出现了。这些女人的故事，我会慢慢讲给各位听的。

不过，如果被看成是效仿当年的"不良文士"蜀山人——大田南畝①，将令我遗憾之至。

银杏稻荷问于笠森稻荷曰：盖闻君地有阿仙者，孰与吾家阿藤。

以上文字出自蜀山人《阿仙阿藤优劣辨》。

如今，那些成天泡在浅草的咖啡馆和牛奶店的青年们，把评论歌舞剧舞女的文士、出入水族馆的文士称之为"不良文士"。

这位与笠森阿仙竞艳的女子阿藤，是一家名为"木柳屋仁平治"的杂货店家的女儿。那家店就在观音堂后面连理银杏树下。阿藤的名字出现在小贩叫卖的歌声里，印有她画像的锦绘②也很畅销。二代濑川路考③在市村座扮演阿藤时的戏服，颜色是深褐色，一时间这颜色被称为"路考褐色"大为流行。

这类画像就等于现在的明星照。田原町废纸批发商家的女儿阿银，也是一个美女，也被人画过一张画。本所三笠町的岸上良太郎，这位俸禄一千石的旗本家的次子看了阿金的照片以后相思成

---

① 大田南畝（1749—1823），江户中后期的文人、狂歌师、通俗小说家。
② 套色浮世绘版画，因色彩丰富、鲜艳似锦而得名。
③ 即濑川菊之丞（1741—1773），江户时代中期的歌舞伎演员，是第一代濑川菊之丞的养子。

狂，最终把阿金从她的未婚夫新吉手里夺了过来。婚礼当晚，新吉放了一把火，殃及雷门。

那是一八六五年，庆应元年，明治前夜的事情。但对于废纸批发商家的女儿和父母来说，旗本武士这个门第还是光彩耀人的。而河堤阿金也是旗本家的小姐。

五十三

阿金十六岁那年被卖到川越做陪酒女。因为旗本之家在明治维新之后没落了，自川越开始她便四处漂泊。明治三十年前后，三十一岁的阿金回到东京，在吉原河堤的一家酒铺营业。又是耍酒疯，又有前科，"河堤阿金"这个名号自此闻名。

年近五十的时候，她已经在大街上拉住男人的衣袖，浪迹于各处的廉价旅馆了。六十岁不到的时候，只能在户外的隐蔽处赚钱谋生。她流浪街头，从"室内"转战到"户外"。她的客人大多是流浪汉。六十二岁横死路边，这个结局对她来说也算是光荣的死法了。因为她一辈子都靠女人的身体谋生，也没有沦落为行乞者，醉酒之后她还能滔滔不绝与人对骂。

流浪汉中的最底层其实并没有到处流浪，他们如同风化了的人，从早到晚一直坐在同一张长椅上，第二天仍然坐着，所以自然就会风化。各位，你们还记得明公说的话吗？

"你懂吗？那也是'披发某某'中的一个，也就是浅草的最底层。不过，还能跑动已经算是幸运的女人了。流浪汉还跑不动呢。"

已经风化的他们不再讲话，在繁华闹市一声不响地活着。

"外国人都叫'女士鸟'对吧。"

一天早晨,弓子在公园里对我说。

"女士鸟?"

"就是瓢虫啊!字面直译是'女士鸟',在中国叫'红娘'。女人如果沦落到要在太阳公公照耀下晨起梳妆,那就没什么奔头了!"

早晨,两个年轻女子坐在树丛四周的铁链上,正在对镜梳妆。和服腰带后面满是皱褶,晚间的尘土粘在上面。

一个开餐馆的,正把橡皮管接在公共厕所洗手池的水龙头上,准备打水做饭。

两三只老鼠啃着长椅下流浪汉耷拉着的脚上破旧的橡胶鞋袜。清晨的浅草最令我吃惊的就是这些老鼠。我在昆虫馆后面发现了它们。

两个年轻女子化好妆就离开了。看来昨晚她们是在"户外"工作的。

茶馆、杂货摊、射箭场、报纸阅览室,在这些行业之下,还有另外一种行业,诸位可曾听说过私娼、走街串巷卖盒饭的女子、化缘的尼姑、路边的野鸡,还有今天的豪放女。流浪阿胜、闪电阿玉、傻瓜阿幸、独眼阿久……这些豪放女的名字都上了报纸。而河堤阿金既不像披发阿好那样是乞丐的女儿,也不像笨蛋阿清那样天生弱智,可以说,阿金是沦落到女人最底层的典型代表。

那么,比当年的阿金还小两岁就开始挣钱的龙泉寺的女孩又会怎样呢?

诸位还记得吧,弓子的姐姐千代也是"在太阳公公照耀下晨起梳妆的女子"。

德国狼犬

五十四

沥青道路如同铺满着铅板一般，放射出桃红色的光芒。尚未苏醒的街市中散落的红色显得如此鲜明，凌晨五点的电车声又是那么清亮。

桃红色的晨曦为言问桥染上色彩，留有昨晚被人撒尿的斑驳痕迹。隅田公园如同描绘在大地上的设计图一般，呈现不带装饰且整洁的"H"字母形状。向岛河堤与浅草河岸是两条直线，言问桥在正中央将二者相连。

隅田川的河水在阳光下呈黄色，没有太阳的时候则是泥土色。桥上只有如同梳子一般轻巧的栏杆、如同铅笔一般竖立的灯柱，除此之外，没有任何钢筋结构，因而恰似一张强有力的、简单的铁板，表现出令人愉悦的线条美。虽然很少有几个晴天能够远望筑波的群山，甚至富士山，但站在桥上，仍然能够感受到广袤的关东平原扑面而来。

桥长一百五十八点五米，呈柔和的弧线形。在隅田川六大新桥之中，如果说清洲桥胜在曲线美，那么言问桥则属于直线美。清洲

147

桥如同女子，而言问桥则是男人。

阿夏把脸颊贴在铁栏杆上，说道：

"哦哦，好冷啊。"

她今年十六岁，总是化着浓妆，时不时会抿抿嘴唇。所以，鲜红的口红经常溢出唇外。男人们往往因此掉以轻心而上了钩。

当然，今天早晨的口红，昨晚就已经渗到唇边了。

"桥上也有雾呢。小个子，你往远处看，就会发现还在起雾呢。"

"是吗？"

"好困啊。"

"从今晚开始，睡觉的时候能不能把你和千代的身体用绳子之类的东西绑在一起？"

"你脸上都是雾呢。"

阿夏的右脸白粉斑驳，像是被雾气沾湿了。

"分得清是雾，还是露水吗？"

拾荒者的小车从本所前往浅草。一元出租车①载着身穿桔梗色外套的女子从本所前往浅草。从中国荞麦面店出来的食客从浅草前往本所。青年棒球队从本所前往浅草。马拉松运动员从浅草前往本所。还有捡破烂的从本所前往浅草。身穿白纱外衣，曲线毕露的洋装女子，赤脚穿着木屐，从浅草前往本所。女子步履匆匆，似乎担心天亮之后被人看到不成体统，可她为何要穿如此薄透的衣服呢，实在摸不着头脑。其他除了三四个工人之外，连一辆空车都未驶过。

"大年夜那天晚上，雾好大啊。多亏了那浓雾，弓子才捡回来

---

① 大正末期至昭和初期，东京和大阪街头的出租车，市内车费均为一元，故而得名。

148

一条命。"

"哟。"说着，船小子已经把木底草鞋拿在手里，站上了桥栏杆。

如同走钢丝一般，他一小步一小步地前行。栏杆的高度到成年人胸部，宽度大约有大拇指到小指展开的幅度。

"哼，不要小瞧我哦。"阿夏说完就飞快地跑了。

据说，有一个少年偷了洲崎填海造地兴建的垃圾焚烧场大烟筒避雷针上的白金。

也有人说，少年盘踞在浅草五重塔上。

偷了团十郎铜像刀柄的也是这个少年。

这种惊人的绝技暂且不论，葫芦池东岸、花园前面的假山山腰上建了一个公共厕所。上面混凝土的屋顶庭院既可以乘凉又可以睡觉。栏杆和言问桥的宽度几乎相同。各位可曾看见有一个男人就在栏杆上仰天而睡吗？后背露在栏杆外面，双腿垂在两边。

我还曾看见两三个孩子在言问桥的栏杆上走。每次都是清晨。

"那样才能彻底睡醒呢。"船小子沿着通往隅田公园的台阶，突然跑下桥去，用发自丹田的声音大喊：

"傻瓜！傻瓜！傻瓜！"

钢铁中振荡的回声紧接着传来。

五十五

本公园尚在施工，草坪养护中，请不要踩踏。

开园时间：上午八点至下午七点。

水户府邸旧址入口的告示牌前，阿夏正在等人。

乞丐们在桥下的长椅上，抬头仰望。钢板的回声吵醒了他们的美梦。

这里上面有钢铁屋顶，两边有混凝土墙壁，河上的风不停吹过，是夏日最好的卧室。各位可曾在报纸上看到，就在前不久的七月中旬，乞丐们举行了奇妙的祭日活动。

他们一边敲打着旧水桶，一边像挥舞旗帜一般挥动着破布，借着酒兴又是唱歌又是跳舞。据说因为经济不景气，他们乞讨所得越来越少，于是想通过这种祈祷活动，一方面发泄自暴自弃的情绪，一方面希望有所改变。

"不管别人怎么说，浅草后山游荡的那些狗，哪只斑点狗和哪只白狗是一对儿，哪只红狗拒绝了哪只黑狗在葫芦池边的求爱，我都一清二楚。"这位号称"浅草通"的佐藤八郎出席了一个"东京猎奇座谈会"，开口第一句话就是：

"不良少年们也活不下去了。"

也许是因为这个原因，据说如今"本领"已经过时，正在流行推举美少女做团长。

"傻瓜！傻瓜！"

船小子如同喜爱钢板回声的孩子一般大喊着，看见乞丐们被吵醒，马上做出大吃一惊的表情一溜烟逃了回来。

水户府邸旧址满眼是无边无际的绿色。花只开了少许夹竹桃。正中央有日本风格的庭院，而绿油油的大草坪则是一派西洋晨景。

"你看啊，还有雾呢。"

一片白色在绿色上面流动，如同足浴之后一般爽快。八点开园，附近的人们已经带着孩子牵着狗，一起床就来散步了。

落叶松包围的半圆形的草坪上，坐着一个女孩和一只狼犬。仿佛外国人描绘的日本一般，女孩衣着凌乱，和周围整洁的风景极不相称。

狼犬跑过来，把腿搭在阿夏的肩膀上。

"特斯，特斯，你叫特斯吧。早知道你也一起的话我就不来接她了。"说完，阿夏抚摸着它的嘴巴。它身上的毛很凉，阿夏的手掌上满是鲜血。

"哎呀！"阿夏用犀利的目光看了女孩一眼。

"千代，特斯怎么了？"

"对，它打架了。"千代笑着答道。

"和别人家的狗吗？"

"和一些乞丐样的人。"

"和人吗？"

"你真搞笑，乞丐不是人吗？"

"我没有开玩笑哦。千代，你就算疯了好歹也是个女人，你要当心啊。"阿夏把千代扶起来，盯着她看了又看。

"浴衣被雾弄得湿透了。昨晚雾好大啊，你就睡在这里吗？"

"不是这里。"

"那在哪儿？"

千代没有回答，迈步走了起来。

"特斯把那些乞丐样的人咬了吗？"

"是爱打扮的三吉吗？"船小子一边吹着口哨，一边问道。

"三吉？是在观音后面的喷泉洗澡的那个吗？"

"你不知道吗？他一直紧紧跟着千代，就像以前追阿蝶的时候一样在浅草到处唱着'千代和三吉，三吉和千代'。"

白色的晨雾慢慢从草坪上消散。绿色如燃烧般从地面浮现而出。

千代身穿菱形图案的浴衣，系着漂亮的白底博多单层腰带，是一个精致的平民区女孩。可是，现在她身上开始有了尘垢，那是流浪汉身上泥土的气味。她不分日夜，只要稍不留神，她就会跑去公园。

"就在那里。"她朝着沥青河岸走去，手指着路旁松树下面的长椅说道。

"那里吗？你昨晚一个人睡在那里吗？"

"我们四个人一起过来的。三个男人都被特斯咬了。"千代一副若无其事的样子。

五十六

华盛顿的波托马克河、伦敦的泰晤士河、巴黎的塞纳河、布达佩斯的多瑙河、慕尼黑的伊萨尔河，与世界各大都市的河岸公园相较，隅田公园无论是水量、视野的开阔程度，还是两岸的樱花树的风景都绝不逊色，复兴局与园林协会一直引以为豪。面积五万六千八百七十二坪，向岛一侧长一千一百八十二米。阿夏等人就站在隅田公园南端的东武铁路铁桥旁边眺望着河面。言问桥在晨曦中朦朦胧胧，湿漉漉的沥青桥面泛着光芒。

河、柳堤、人行步道、樱花行道树、车道、樱花行道树、人行步道、樱花行道树——这是公园的平面图，樱花行道树呈四列纵队，排列在长方形的草坪中间，柳堤上也布满了草坪。

"我说怎么有股海腥味呢。原来有这东西啊。"

"这东西是什么？"

船小子不认识"内务省向岛潮汐监测所"几个字。

也许因为今天是星期天的缘故吧，河对岸的浅草河岸，从吾妻桥边到桥场，全都是白色制服的身影，各自拉起球网在打棒球。当然都是业余选手。

船小子和狼犬一起跑了起来。阿夏在后面喊着狗的名字，船小子也在呼喊。狼犬在沥青路上划着大大的波浪线来回奔跑的时候，千代已经在长椅上开始打盹儿了。

"报纸，报纸，有招聘启事的晨报，来一份吧。"卖报的已经到四处的长椅兜售了。

身着白色警服的巡警马上要大批出动到处盘问露宿者了。

一个小伙计一边揉着眼睛，一边向巡警说明跟他在一起的男人的身份。

"他是当兵的。"

不管巡警怎么摇晃，旁边的男人都不起来。好不容易迷迷糊糊睁开眼睛，就被警察"你过来"给叫过去了。

男人慌忙从身后的树丛拾起陆军军帽和上衣，提着随身棉布袋，跟小伙计一起到派出所去。在此常驻的露宿者们对此司空见惯，正眼都懒得瞧。

浅草商店街上，摊贩们趁着两边的商店尚未开门，已经开始摆出摊位，要从那些早晨来参拜的客人那里赚上一笔了。

地图、充气枕头、鼹鼠、习字宝典、香水、烟斗、袜子、扫帚、黏土面具、十二生肖的腰包、和服衬领、小乌龟、两样东西一律十五钱的小摊、童装、今年的新葫芦干、盆景、木屐带儿、香橙果肉、带根的睡莲、蝴蝶结、小型洒水车、插花容器、扇子、发簪、橡胶人偶、铁树苗、手帕、今年新晒的鱼干、裙子、戒指、烤鳗鱼、和服用细带子、带计算器的记事本、旧书、鸣虫、幼儿睡衣、镜子、运势日历、插花用花枝、帽子、桐木小盒子、苗木、裤子吊带、衬衫、木屐、钱包、尼泊尔老鹳草——以上是七月某一天，我在浅草商店街看到摊贩售卖的货品。

言问桥上各种摊贩大概也已经摆出来了吧。一杯两钱、两杯三钱的冰咖啡啦，吊袜带啦，梨子啦，还有洗帽子的、下五子棋的、摆象棋残局的、切西瓜卖的。

只有狼犬还是清晨的模样，阿夏和船小子也很困倦。

这条狼犬是弓子让驹田从他叔父家偷来的。弓子为了千代训练了这条小狗。

驹田就是从地铁塔楼用望远镜观察红丸的男子。他是阿春的恋人。说到这里，我们还要把阿春的身世讲讲清楚。

十五六岁的阿春，是千叶船形旅馆的女佣，这辈子最大的愿望就是成为东京艺伎街的美发师。有一个到船形避暑的客人提出可以帮忙。这个客人没有说谎，他的确让阿春做上了浅草美发师的助手，但是把阿春寄放在他那里的旅费全都卷跑了。那家美发店在昭和座旁边的街上，有竹鸟兽店的附近。

可是，这个乡下姑娘并没有意识到，不知不觉之间自己又被一个男人转卖给了另外一个男人。

玉音街区

五十七

"热情的阿姨"，生活中经常会见到这类人物。

阿姨虽然是初来乍到的客人，但是很会说话。在四五个美发师中，她特别关照阿春。问阿春是不是房州人，据说是从阿春的口音判断出来的。

"我曾经在房州的船形待过一个夏天。"

"是吗？"

"阿春家就在那附近吗？当然，我可没有那么奢侈，是我妹妹家的孩子去游泳，我帮着照看照看。"

在澡堂又见过这个阿姨两三次。她对阿春白皙的肌肤赞不绝口，还用米糠包帮阿春搓洗黑乎乎的脖颈。从澡堂出来，她带阿春去红豆圆子汤店，还偷偷塞给阿春戏票。阿春到了戏院，不大一会儿阿姨来了，就坐在她旁边，还带着一个年轻男子。据说是一个上大学的书生，租了阿姨家二楼。

"要是能买更多的票给你就好了。可是，我再怎么偏爱阿春，要是只给阿春票子的话其他梳头姑娘肯定会嫉妒的。要么，下次你休息的时候到我家来吧。"

"嗯嗯，可是……"

"没关系的。对了，阿春还不知道我家在哪儿吧。今天回去的时候我告诉你啊。有时间到我家坐一下吗？"

阿姨的家在驹形。

这位阿姨为什么要从驹形特地跑到公园的澡堂洗澡呢？阿春如果注意到这一点就好了。

阿春被阿姨拉进客餐厅。阿姨当着大学生的面，聊起他美好的未来。大学生有些难为情，又有些不知所措。阿春不过是一个乡下旅馆的女佣，她这辈子的愿望就是成为一个美发师。这些美好的未来对她没什么吸引力，她坐了一会儿就起身回去了。不过，下个休息天，她又来找阿姨了。

一个月之后。一天晚上九点多，阿姨抱着一大堆纸袋来店里做头发。

"我要去上野亲戚那里，想想回来肯定会很晚，就去买了些东西，结果一不小心买了这么多。"

"要么，您先寄放在我这里吧。"

"谢谢啦。就当是帮我省了车费吧，等你下班了，能不能跑一趟送到我家里啊？"

"当然可以。"

第二天早晨，阿春在阿姨家的二楼醒来，发现自己赤身裸体躺在被窝里。她吓了一跳，用手摸了摸腰部，的确没有穿衣服。旁边没有男人。她跳起来打开灯，镜子里站着一个白皙的裸体。她掀起被子，发现昨晚的床单也不见了。打开壁橱，里面是空的。她能穿上身的就连一根和服的细腰带都没有。阿春慌忙钻进被窝，她害羞得不敢触碰自己的裸体，于是蜷缩着膝盖，瑟瑟发抖。她并没有察觉到自己在哭泣。

可是不能一直不动。于是阿春又起身，但是不知如何安置自己。她坐在梳妆台前，看着镜子里自己的裸体，反而渐渐平静下来。不知为何，自己的裸体看上去不可思议，甚至让她突然不再哭泣。她偷偷看看楼下，又在镜子前面转了几圈，望着自己的身体。然后，她又瞧了瞧楼下，爬回房间后一直注视着镜子里女人奇怪的姿势。她横倒在被子上，本以为自己会哭，没想到竟然笑了起来。另一个女人就此诞生了。

一丝不挂的阿春就这样连续五天一直待在二楼的被窝里。

五十八

一、营业时间从日出到十二点。

二、谢绝醉酒客人参与游戏。

三、不可随意招揽过路行人。

四、不可扰乱治安风俗。

五、坚决禁止店主及店员以外人员进入打靶场内。

六、根据相关规定，不接受招待券及小费等。

这是打靶场枪架旁边张贴的规定，正面如同新年时装饰草绳一般，吊着剪纸做的敷岛香烟，下面两层架子上，上面一层放着敷岛香烟、金蝙蝠香烟，下面放着人偶、点心，隔着近两米宽的地板间，一旁是射击架，上面放着漆皮的子弹夹和步枪，墙壁上如同戏剧舞台一般拉着帷幕，射击台旁边悬挂着镜子。这间店从往昔到今日都是这番光景。梳着银杏发髻的女子说道：

"虽然这游戏有些过时了，可事到如今，也不可能改成麻将俱乐部。那种东西不过是一时的流行而已，我们这才是传统悠久的买卖。"

我很想对她说："你才应该先改变身上的流行吧。比如说，把裂桃式顶髻改成短发怎么样？"公园剧场、电气馆、浅草剧场后方，也就是六区一号和二号后面栉比鳞次的那区才是真正的打靶场。其次是六区西侧、东京馆后面、浅草演艺工会旁边，另一处则比较冷清，在花园后墙那里。即便是现在，合计也有近四十家在营业。就在这个"弹音街区"，阿春身穿洋装出现了。那个在阿姨二楼的床上一丝不挂的阿春，将打靶场作为了她浅草生活的开端。

那时候还有热衷于打靶的小商小贩，是射击竞技赛盛行的时代。一打就是一百下、一百五十下的客人也不在少数，甚至很多人听不到子弹的声音就睡不着觉。一个叫大川的男人，一只胳膊有残疾，每天赖在樱田店里不肯走，那家打靶场的店主只好掏钱让他出去旅行，他精神抖擞地出发了，说是要到近畿地区当个好演员。可第二天又到隔壁店里砰砰地射击起来。这个例子很好地说明了当时打靶游戏的魅力。

左撇子阿彦、美发师阿丝，还有我一共三个人，就在前几天晚上一起去了打靶场。

说是绘马俱乐部里有一些跑龙套的艺人经常出入打靶场，于是我过去打听。还有喜乐亭的姐姐说，有很多可以写小说的素材要介绍给我。

喜乐亭就在公园剧场后台旁边，后台门口那里有很多搞布景的在乘凉。几个赤裸着身体的演员从后台窗子看着我们。

阿春并不想玩枪，她一直在和银杏发髻的女子聊着以前的事情。

"阿春扮成新娘的样子，好可爱啊！就像法国娃娃似的。现在我都记得呢。那个人后来怎么样了？说是阿春一到店里来，后台窗子那里就挤满了人，他们经常抱怨这害得剧场的幕布都拉不开呢。毕竟当时洋装相当稀罕。"

"姐姐才是呢，跟十年前一点没有变啊。"

"你哪里知道我十年前的样子啊。"

后来听阿春说，喜乐亭的姐姐一出生就被送到乡下做了养女，亲生父亲是浪花调的说唱艺人，每天从这家店去公园的舞台。她十八岁来亲生父亲这里玩的时候，顺便到打靶场帮忙，结果就干上了这行。

那是十二三年前的事情了。现在，她看上去也就二十二三岁的样子。这些年下来，她把打靶场变成了自己的生意，给亲生父亲开了一家洗衣店。又把养父母从乡下接过来，一起养着。

阿春是从六七年前开始跑打靶场的。据说，现在连当年的十分之一都赚不到了，一天也就四五元而已。

"阿春扮成新娘的时候，我们家生意也最好呢。"难怪喜乐亭的姐姐这么说。正是因为那时打靶场最盛，阿春才在那里捡到了驹田。

镜子与裸体

五十九

把阿春带到东京来的，自不必说，就是那些扰乱避暑胜地的不良少年。他把阿春送进美发店，就如同把赃物临时保管在一个安全的地方。

在阿春并不知情的时候，不良少年已经把处置阿春的一切"权利"出售给了一个同伙，包括将她占为己有或是进行转卖。而买主就是住在阿姨家二楼的男子。在阿姨看来，这个寺坂不过就是一个天真的毛小子。

所谓的阿姨家其实是隐秘的"应召所"。而阿姨则是拐卖妇女到妓院的人贩子。

也就是说，寺坂想让阿姨把他买到的商品从仓库里取出来。而在阿姨看来，则是把寺坂等人当成了自己的手下。即便那天晚上阿春能够逃出去，阿姨也会说自己住在了上野亲戚家并不知情。

她拿走所有衣物让阿春赤身裸体，是防止女孩逃走的惯用伎俩。

当然，说寺坂借住在阿姨家二楼，全是谎言。

壁龛里的石头盆景、梳妆台，还有红色的挂衣架。阿春被寺坂邀请上了二楼一看，立刻就看穿了这个谎言。戳破阿姨寄放在美发店的行李的包装纸一看，里面不过是三个旧坐垫而已。

"后来我怎么想也搞不懂，当时自己看着镜子里的裸体是什么心情?"虽然阿春这么说，不过在她赤身裸体的五天里，她热烈地爱上了寺坂。通过疯狂的爱情，来摆脱第二个危险。也许阿春并没有那么明确的想法，但是她一方面战战兢兢，一方面又因为自暴自弃反而沉着冷静下来，如同出水芙蓉一般愈发美丽，这令寺坂不知所措。

阿春不仅没有被转卖，她还让男人为她买洋装，而且作为寺坂的新娘，开始每天去打靶场。即便遇见美发店的其他姑娘，她也若无其事扭头不睬。

寺坂这些人每天往返公园的时候一定会去打靶场，这已经成了他们的礼数规矩。金车亭对面那家名为金蝙蝠的店，是他们的老巢。店里就一个老爷子和他儿子，另外还有老爷子的哥哥寄食在店里，这种没有雇佣女服务员的打靶场并不多见。

敷岛香烟三包一叠——四发子弹，击落可取走，二十五钱。

敷岛香烟三包一叠——三发子弹，击落可取走，十八钱。

敷岛香烟剪纸——三发子弹，击落可取走，十八钱。

敷岛香烟上方的玩具猫——三发子弹，击落玩具猫后可获得一盒敷岛香烟，十八钱。

金蝙蝠香烟三包一叠——三发子弹，全部击落可获得一盒朝日香烟，七钱。

金蝙蝠香烟四包一叠——四发子弹，击落可取走，十八钱。

高级人偶——三发子弹，击落可取走，二十钱。

普通人偶——五发子弹，击落可取走，十钱。

拼字滚珠游戏——珠子五颗十八钱。

现在有这九种玩法，当年也大概如此吧。

虽然有九种玩法，可浅草的常客一直以来只玩第五种——金蝙蝠香烟三包一叠，第一种敷岛香烟三包一叠和第三种敷岛香烟剪纸，偶尔也会有人玩。

像寺坂这样百发百中的名人，当然只玩金蝙蝠香烟三包一叠，每次只付两钱"子弹钱"。次次都拿香烟的话，老板的生意没办法做，所以只付两钱玩玩而已。

因此，他们每次专门练习射击技巧，什么"分打"啦，"切割"啦，"扭转"啦，"翻山"啦，等等。到了射击比赛的时候才真正认真竞技。

那段时间，有一个十五六岁的少年每天都来这家金蝙蝠店打靶，中午玩一个小时，晚上再来玩一个小时。

可是，有一天中午，少年给老爷子的哥哥带来了寿司和老酒，从下午玩到深夜还是没有回家的意思。

六十

在金蝙蝠香烟三包一叠的架子后方边上，横放着三盒金蝙蝠香烟，中间夹着两盒火柴，射三发子弹将香烟全部击落，只剩下火柴。

第二次的时候，在敷岛香烟架子后方的角落里，横放两盒金蝙蝠香烟，然后一发子弹击落。

第三次，在敷岛香烟架子上斜着竖放六盒金蝙蝠香烟，以三发子弹全部击落。

这就是那晚的"香烟比赛"。据说，金蝙蝠店老爷子摆放的香烟在公园这一带最难击落，而且这家店里没有女人，因而为了满足"射击打靶之道"的虚荣，熟客会聚集在这里进行竞技。其实，所谓的射击竞技会，最初是一个在四处打靶场赚取零花钱的男人，打着某个靶场的名号开始举办的，每个月一次在合羽桥附近租个会场，召集爱好打靶的人参加。不过，有时也会像那晚的金蝙蝠店一样，等靶场关门之后让一些自认为是高手的人开始比赛。

比赛结束时，已将近凌晨一点。

"小哥，你一直看到现在吗？靶场要关门了，明天再来吧。"

"嗯嗯。"少年落寞地待在商店的角落里，没有离开的意思。

阿春见状跑到少年身边，突然把手放在少年的肩膀上，说道：

"小哥哥，跟我一起回家，到我家来玩吧。"

"嗯嗯。"一个身着洋装的美丽少女，像大人一般对自己这样和善，少年不由得羞红了脸。

"好吗？如果你愿意，可以住在我家。"

回到向岛的廉价寄宿屋之后，阿春在少年身后像是温柔拥抱一般给他穿上自己的浴衣，然后突然按了按少年的裤子，说道：

"哎呀，小哥哥，你好有钱啊！小孩子不应该带这么多钱哦。要么我们帮你保管吧。小哥哥可以一直住在我们家呢。"

"除了这些钱，今天早上，我还寄存在打靶场的老爷子那里三十元。老爷子也说，小孩子不应该拿那么多钱。我当时想，一下子给他太多的话他会起疑心。"少年交给阿春的钱包里一共有二百五十元。

一直满脸不悦的寺坂，此时也惊呆了，盯着阿春的脸。

"你看！被我猜中了吧。"阿春说道。一个月前的阿春还在镜子前面观察着自己的裸体。

"小哥，你这么多钱从哪里来的？不会是干了什么坏事吧……"寺坂说到一半，就被阿春接过话锋。

"傻瓜！你又不是警察。不用担心，快睡吧。小哥，晚安。"

床铺只有一个。寺坂很快睡着了。

少年的钱是从他叔父家的保险箱里拿出来的。之前，他只是每次偷个两三块到浅草来玩。

没有什么特别的原因，只是被浅草神奇的魅力所吸引。叔父家在神田小川町，总把他当成小伙计似的使唤。

从少年那里打听到这些后，阿春轻轻把胳膊绕在少年的脖颈上，用手指敲着少年的下巴，问道：

"保险箱？很大吗？"

"店里的保险箱很小的。而且我知道钥匙放在哪里。"

"哦哦。小哥，你就穿件运动衫，下面一条白裤子，这打扮不够帅。"

"我总是这身打扮出去跑腿的。"

"嗯嗯，所以，明天用那笔钱给你买西服或和服吧。"

"西服好！"

"还有，从今天开始，小哥就是我们的弟弟了。无论走到哪里，你都要喊我们'哥哥''姐姐'哦。"

"嗯嗯。"

"对了，小哥买衣服的时候，我也想买一件。"

阿春只比这个少年大一岁。

六十一

为千代偷来小狼犬的驹田，就是这个六七年前的少年。

当初那笔钱只买了两件西服和一台收音机，剩下的钱三个人都用来玩乐了。他们去打靶场找老爷子要那三十元钱。

"钱早就花光了。小哥，你不是说给我了吗？"

钱花光了之后，少年就是一个累赘。

"实在没办法，只能让你回叔父那里了。"

"没钱真没劲。那我回去拿钱。"看见少年发自心底悲伤，阿春给他出了一个主意，她让少年用那笔钱把她从寺坂手里买下来。

从那以后，赤带会、黑带会、红团……总之，五六年间，驹田一直跟着阿春在浅草闯荡。按照阿春自己的话，她已经彻底没了志气，越来越邋里邋遢散漫。

可是，驹田直到现在仍然被浅草的一种难以言说的魅力所吸引，呆呆做着美梦。阿春想给驹田找个要强的好姑娘，跟他一起生活。她把这件事托付给了弓子。

"你是说我就是那个姑娘，还是让我找一个那样的姑娘？"弓子劈头就问。

诸位，关于弓子，写到这里的时候，我又遇见了打扮奇怪的弓子。因此，小说不得不在此改变航线。

我把小说比作航船，不过故事的确发生在船上。隅田川汽轮股份公司，就是那个车票一钱的公共渡轮。

我从浜町河岸乘船前往吾妻桥方向。

一个大岛的卖油姑娘，吊着眼梢一直盯着我看。

她穿着藏青地白花纹的窄袖齐腰棉和服，扎着紫色围裙，打着藏青色绑腿，脚穿橡胶鞋，膝盖上一个大大的黑色包袱里装着东西，还有油纸，旁边放着一个竹编的圆顶斗笠。头发扎了起来，碎发垂在脸上，晒黑的肤色，化着淡妆，活脱脱就是一个沾染了都市气息的乡下女孩。这身打扮和破旧的公共渡轮实在不相和谐。薄毛呢内裙从衣服下摆露了出来。

姑娘一脸严肃，却突然扑哧一声笑了出来。

"大岛的山茶油，要不要来一个？可以买给太太做礼物。"

原来是弓子。

"我说嘛，感觉在哪里见过，真没想到呢！"

"还有珊瑚根，能让头发浓密亮泽，海带根、油渣洗发粉都有哦。"

"你还是那么好事！"

"你怎么会坐这船呢？"

"之前写到你从红丸号被拖到白色摩托艇上去了，我要从那里接着写下去，所以打算实地看看大河一带的风景。"

"你不要写我卖油这一段哦。"

"装扮成卖油女郎。那我怎么写好呢？"

"我在找人。"

"你总是在找人。"

"我瞎说的。不这样赚点钱的话，可就⋯⋯"

"你这身打扮租衣店里都有吗？"

"怎么可能！我向卖油姑娘借的。"

"那卖油姑娘呢？"

"估计现在在浅草听着相声之类的吧。要么就是后台出口那里，不是经常有卖油姑娘在叫卖嘛。那才是真正的'卖油'①。"

船到了吾妻桥，弓子把圆顶斗笠戴起来，说道：

"越发认不出是我了吧。"说完她站起身来，藏青地白花纹的齐腰棉和服在臀部那里分了叉的。

---

① 日语里"卖油"为偷懒、耍滑之意。

浅草祭

序

　　《浅草红团》的前篇，共有四种单行本：《浅草红团》(先进社)、《新兴艺术派文学集》(改造社《现代日本文学全集》)、《浅草红团》(春阳堂《日本小说文库》)、《浅草红团》(《改造文库》)。由春阳堂发行的《摩登东京圆舞曲》中收录的《浅草红团》只是节选而已，不足原文三分之一的篇幅。

　　这部续作的读者，可以通过以上四种单行本阅读前篇，当然即便没有读过前篇，也不妨碍欣赏这篇续作。就作者本人的艺术良心而言，宁愿读者不要去阅读前篇。在本刊(《文艺》杂志)七月号刊登的预告中，我是这样写的：

　　"一转眼，六年时光过去了。自从对先进社版《浅草红团》进行校对之后，我再未读过这部作品。此后单行本的校对都委托他人。我甚至记不清楚前篇采用的是何种文体。当年的那种腔调与气势，时隔六年之后再去模仿，着实令人厌恶作呕，况且能否做到也令人怀疑。对于浅草种种世态的感受、看法也已经发生了变化。虽然如此，我还是想让这篇续作尽量接近前篇。"

　　五年之后，我重新阅读了前篇。为了撰写续作，这是不可或缺的步骤。与其说我对自己旧作的无聊感到失望、困惑，不如说更多是意外与惊奇。我甚至怀疑，因为《浅草红团》当年备受关注，作者本人也受此迷惑忙于描绘幻影，以至于忘记了作品的本质。我不能不为自己的浅薄感到羞耻。我从不回顾自己的旧作，写过了事，因此这对于我来说亦不足为奇。不仅是我，大多作家对于自己的作品或是世人对于作品的评价都是如此。

我完全没有料到，撰写续篇之难竟在于此，真是意想不到的伏兵。我用了四天时间，阅读自己仅仅两百多页的旧作。"着实令人厌恶作呕"，我后悔写这种作品的续篇。我做梦都没有想到《浅草红团》竟是如此无聊的作品，直到现在我仍然难以置信。因而，如果站在作者的立场上做些辩护的话，只能说作家开始执笔新作之前，即便读了他人的名作也会堵在胸口，无法将作品中的文字输入脑中，更何况是自己的作品呢？这也许是我头脑兴奋之下说得有些夸张了。即便如此，既然前作之无聊已一目了然，此次撰写续篇之际，我决定更名为《浅草祭》。事已至此，我并非为了复活前作而撰写续篇，惟愿以续作为前篇注入些许活力。若能如此，幸甚之至。撰此无用序言，聊表作者所思所感。

浅草来信

一

我想了解祭礼活动中的童子装束，便前往浅草寺拜访网野宥俊师傅。因为在浅草松屋百货商店举办的"浅草今昔展"上，近一半旧时资料都是宥俊师傅提供的。平时与宥俊师傅并不相熟，我是贸然前去的。

从宥俊师傅处出来，我顺路去芝崎町的咖啡馆三春坐坐。我是那里的常客。以前它曾是一家卖关东煮的小店，为水族馆表演的卡基诺·胡里奥剧团供应盒饭。关东煮锅子的上方，悬挂着印有卡基诺剧团男女演员签名的布帘。直至今日，店里的墙壁上还张贴着水守三郎①拍摄的望月美惠子②的照片。

水守君原本是卡基诺·胡里奥剧团文艺部一员，现在在"榎本一座"剧团文艺部。他写过《五一郎公寓》等小说，不过他本人似乎认为摄影是他的爱好，剧团则是他的副业。说起摄影这个爱好，卡基诺最成功的演员榎本健一，也是每个月都会买两三台高级相机。为最新型号的徕卡相机不惜花费数百金的这位当红明星，不知是否还记得五六年前浅草水族馆里的照片呢？

红色的假发、深深的眉毛、黑色的眼影，在那些浓妆艳抹的照片里，十五六岁的舞女看上去像是西方城郊中低贱的女子。那些明星照片和舞台照片在第一天演出结束之后进行拍摄，第三天便张贴到剧场外面。

深夜排练结束之后，榎本健一站在那些照片前忧心忡忡地仔细端详。大门已经关了，装饰灯也已经灭了。水族馆的旧屋远离演出场所，位于观音寺寺内。夜晚的风冻结了艺伎的人影。榎本健一把双手缩进袖筒，两只袖子并在一起。虽是寒冬，他却没有穿外套，只穿一件蓝色印花棉布衣服。那衣服如同离家出走的学生穿着的一般，又大又旧。过了一会儿，他趿拉着朴木底的旧木屐，从背后看像是一只病了的大猩猩，向前弯着腰，蜷缩着身体，消失在夜幕之中。

那时，我刚刚开始写作《浅草红团》。

就是这个榎本健一，四五年之后，成为松竹电影公司的当红明星，就连歌剧鼎盛期的师傅柳田贞一都被他像仆人一般呼来唤去。这期间曾和他一起表演轻歌舞剧的演员们，包括那些歌舞剧的作者们各有沉浮。在几年几个月的时间里，卡基诺剧团文艺部的岛村龙三等人在三春吃饭过活。三春的大叔富有侠义精神，因此他们很安心，知道只要到三春去就会有饭吃。

而我们这些卡基诺的朋友就频繁前往三春，只为看看他们。

现在，这些人都已各奔东西，我只好和三春的大叔聊了一会儿

① 水守三郎（1905—1973），原名水盛源一郎。剧作家。曾为卡基诺·胡里奥剧团等创作剧本。
② 望月美惠子（1917—1977），原名铃木美枝子。演员、政治家。

174

旧时的往事。可是，在我离开之后，这帮家伙中的一个似乎去了三春，他留下一封信给我，告诉我关于童子装束的事情。他家是寺院的，为我翻阅了僧衣店的商品目录，又查了佛教辞典。网野宥俊师傅也帮我打电话到僧衣商店问询。

信上说，非常体谅我"为这些细微小事，如此认真考证的心劳"，接着写道：

"虽说如此，考证这些旧事，详细描写浅草的各种现象，果真能够传递出浅草真实的面貌吗？我个人对此深表怀疑。"

二

这不仅仅是质疑，更戳中了作者的痛处。在此，我们有必要仔细倾听一下这封来信。

"这大概可以称之为浅草本地人的一种气质，或者说一种心情。我认为这才是浅草最独特的地方。当然，我不认为人类本来的心态就可擅自分成山手式或者平民区式。但是，一般而言，居住在山手高级住宅区的人不喜欢浅草人。似乎一提到浅草就会有一种成见，或者说是偏见，认为浅草是可怕的地方，是要多加提防的人的栖息之地。其实，真正的浅草人原本都很坦荡，很直率，虽然的确在某些时候、某些场合，就社交方面而言会令人有些为难。加之自江户末年流传至今的一些封建残渣，往好了说是传统的，往坏了说则是一种平民区因循守旧、老成狡猾的元素。就我个人而言，初中时候我就经常在十二月的月明之夜到浅草六区散步，累了之后回家途中，听到草津里一带旗亭的圆窗里传来弹拨三弦琴调整音调的清脆声音，就会装腔作势随口唱起模糊记得的一两句新内调 ① 的歌词，有时候还和朋友们聊聊女义太夫 ② 丢掉的梳子的好坏，甚至会混在老人当中，去看金车亭的表演。要说和一般的年轻人不一样，的确是有些不同，不太合群。

"但是，我并不认为这种心情只是江户情调的一种浅薄模仿。从久保田万太郎 ③ 的剧作《雨空》《大寺学校》中可以体会到的那种旧时的色彩，的确有意识或者无意识地贯穿在我们从小到大的成长历程之中。比如说，我家附近，桥场的怪物地藏菩萨的庙会、吉野町的毗沙门天的庙会都在寅日 ④。五月的晦日（三十日）与六月一日、六月的晦日与七月的朔日（阴历初一）是富士浅间神社的定期祭祀日。在这些祭祀庙会上，我们这些浅草的孩子展开几段两小无猜的青涩恋曲，结果被人指指点点，说我们是不良少年。在平民区的庙会上经常见到滑稽歌手售卖的杂货零食，还有像团扇骨架一般整齐摆放的菖蒲丸子。而流行的拉洋片则是在脏兮兮的戏棚帐篷里，伴着铜锣声和梆子声煞有介事演出的孙悟空。被孙悟空制服的金角大王和银角大王愤恨飞起的头颅下面，身体的切口如同裂开的西瓜一般鲜红鲜红的。直到今天，在我记忆的某个地方，仍然留存着盛夏的戏棚里坐在我前面的女孩子头发的味道。关于庙会的种种记忆，足以勾起我们这些少年的幻想，也是哺育我们这些浅草孩子童心的摇篮曲。

---

① 日本传统净琉璃的流派名称。是一种以吉原烟花巷一带为中心流行的街头曲艺。
② 说唱义太夫（创始于江户时代的净琉璃流派之一）的女艺人，明治时代十分盛行。
③ 久保田万太郎（1889—1963），小说家、剧作家、俳句诗人。
④ 日子的干支为虎的那一天。日本人将"寅日"视为可以招财进宝的吉利日子。

"这些与浅草有关的庙会、例行节日活动，的确可以加深对于浅草的回忆，但更重要的是不能忘记浅草人的情怀。从歌剧到安来调、轻歌舞剧，再到打靶场、不良少年，可以讲的故事连绵不绝。但是我们浅草人彼此的心情是相通的。说起来，那些盘踞在公园六区的人称不上是地道的浅草人。倘若将波希米亚风格的演员们不检点的生活，或由此孕育而生的众多男女之事称为色情、怪诞，视为是浅草的本质，这实在令我大为不快。"

　　作者在此首先引用这封来信，相信不用我解释，诸位读者也能理解我的用心。

九官鸟之笑

三

据说写这封信的人将振兴浅草的乡土文学视为毕生的愿望。也许这只能成为对于逝去故乡的一声叹息。各位要是去听听那些"浅草通"们聊聊浅草，十之八九都是旧时的回忆。

我既非出生于浅草，也并非在浅草长大。对故乡这个概念的理解与他们并不相同。每天多达二十万乃至七十万涌入浅草公园的人群当中，一定有很多人把这里当成了第二故乡。为什么那些失业的人、离家出走的人，还有犯了罪的人，首先都到浅草来呢？藏身于熙熙攘攘的人群之中，或是在人山人海中忘却自我，为什么浅草最为合适呢？一言以蔽之，不幸的大众将生活的重负、痛苦都弃置于浅草公园，它们弥漫着，翻卷着，沉淀为虚无的寂寥，因而在这里，无论怎样的喧嚣热闹都透着寂寞，无论怎样的喜悦都带着悲伤的色彩，无论如何新潮都显得陈旧褪色。渺小寒酸的消费聚集于此，发出粗暴的呻吟。尘芥舞动着，汇集成为奔腾的洪水，而岸边的杂草丛中，则传来乡土诗人的吟咏，如同秋天的虫鸣一般。

我对童子装束感兴趣，无非也是繁华场里虚无的感伤而已。

说起这个童子装束，据说观音菩萨的童子应该上穿红色的官服外套，下着紫色的和服裙裤。

　　但是与童子队伍一起，从传法院行进到观音堂浅草祭大法会的浅草寺众人，却身穿宽袖长身的简便僧衣，下套散口的和服裙裤。童子装束则是男童头戴黑漆帽，下套紫色和服裙裤，女童是金属头冠，下套红色裙裤，虽然都穿着官服外套，但是和服却各行其是。女孩子都是短发娃娃头，想打个发髻都困难。

　　如果想找一个表演雅乐时跳童子舞的寺院侍童，那真是太难了！因为现在的孩子都如同浅草松屋百货商店"浅草今昔展"中仿真实物展示的那般，已经是"现代"的孩子了。

　　"从前，端歌①中唱到的真先稻荷，如今已无人祭拜，神社前面是东京煤气公司的煤堆，煤烟尘埃弥漫。这一带号称武藏名胜，已经徒有其名，现代文化毫不吝惜地将过去的历史与传说破坏殆尽，与上图照片对比之后，我们不得不慨叹科学的力量。"

　　端歌《去浅草参拜》的歌词是这样的：

　　　　"去浅草参拜，经过藏前，乞丐纠缠。不要跟着我！不要跟着！不要跟着！衣着破烂，还说什么有的没的。长井兵助拔剑神速，成田、八幡、驹形，还有雷门，又跳又跃，又是舞蹈。商店街玩具店四十二家，快去吧，去参拜本尊，然后去奥山，还有花园。"

---

① 幕府末期流行的短篇艺术歌谣。以三味线伴奏。

令人怀念的浅草公园如今一片萧条，旋转木马的女服务员咬着指甲睡着了。隔壁的上田鸟兽店里已经过时的虎皮鹦鹉满身尘土，用叫声替代着花园的乐队。进到店里，昏暗的路旁，一排一人高的电动人偶动来动去，令人毛骨悚然，如同妖怪从空荡荡的剧场演员通道中走过。

小孩子吓得哭了起来："快去松屋百货店吧，快走吧!"

浅草祭筹备委员会的委员长大久保源丞之先生于浅草祭之际，在《日日新闻》上发言指出：

> "浅草已非昔日的浅草。流浪汉和不良少年都不见了踪影。大家可以放心在浅草休闲玩耍，愉快度过。那个快被遗忘却令人怀念的旧时浅草，希望大家能够喜欢。"

现任象泻警署署长全力投入公园"净化"运动。对餐饮店的监管骤然严厉起来，就连乞丐都要有执照。浅草祭后第二个月，自七月十五日盂兰盆节开始，又连续半个月整治不良少年。据辻本所言，警视厅的特警队派来六名警察。在商店街入口、观音堂前面，还有后面的喷泉旁边，都竖起了醒目的公告牌，上面写着：

净化浅草公园

以往的不良分子已经一扫而光。大家可以安心出行。

各位游客，请选择持有警察标记木牌的商家，包括摊贩、修鞋铺、人力车等。

木牌上印有姓名、地址、号码（或临时编号）等。

曾经这里有以下各类坏人，万一大家遇到此类人等，请多加提防，以免上当。并请至最近的派出所报案。

　　占卜诈骗者（利用卦签诈骗钱财）

　　哭诉诈骗者（以哭诉博取同情推销钢笔或眼镜）

　　强行索钱者

　　售卖假画者（利用普通图片伪装成春宫画或猥亵照片推销）

四

　　昭和九年六月二十一日，浅草祭首日下午四点半，浅草寺的僧侣、童子、消防队、名人名士的队伍，伴随着笙、筚篥①的演奏进入观音堂，当正殿响起鼓声开始常行三昧的法华忏法②之时，在观音堂后特设的舞台上，浅草艺伎表演的徒手舞蹈也拉开了帷幕。而就在此时，我在舞台后面的松村店里与辻本一起吃着冰镇红豆汤。

　　看见报纸上的预告，得知我又要开始写关于浅草的小说，首先寄信给我的就是辻本。因此，我特地先去他家向他致谢，他说：

　　"我呀，可能不知道什么时候就死了。我肯定是最先死的。所以，如果你愿意把我的秘密都写出来，我也有勇气去死了。"

　　当然，他说的死指的是自杀。

　　"那你老婆太可怜了！"

　　"她已经死了。"辻本的脸颊红了，他慌忙把墙上挂着的雨衣拿

---

① 雅乐用的管乐器。竹制，前开7孔，后开2孔。声音响亮。奈良时代从中国传入日本。
② 日本天台宗的法会、佛事。

下来，似乎要准备外出。

我知道他一定觉得不好意思，所以没有追问他老婆是怎么死的。辻本这个人正是因为这种近乎病态的羞耻心，才把自己毁了。

总而言之，他是为数不多的、没有遇到任何好事喜事的人。

公园里前来参加祭祀活动的人拥挤不堪，而与舞台仅有一树丛之隔的这家红豆汤店，却只有我和辻本两个客人，店内如同密室一般寂静无声。

辻本的白鞋似乎没有打理过，脏兮兮的，泛着黄色，后跟也磨损了，鞋口张开着，倒是方便穿脱。他在绉绸衬衫外面穿着雨衣，衬衫很时髦，是如同童装似的立领，和他全身的装扮不太协调。扣子全部扣着，这样可以遮挡住他瘦削的胸脯，让他皮肤紧致的细细的脖子看上去很有品位。

这个男人竟然也落魄了，我虽然这样想着，但是说出来的话，却好像是在祝福他似的。

"怎么样？最近日子好过些了吗？"

"完全成了拉皮条的了。"

一旦沾上街头的买卖，就很难再摆脱了。更何况是晚上拉着行人悄悄进行的买卖。如果被发现，那就是现行犯。辻本惴惴不安，低三下四，又这般寒酸潦倒，即便穿着绉绸衬衫，还是不能在家里安睡，那种流浪汉的气息已经浸染在他身上，他的神经质如同被丢弃在后巷里的剃刀一般，已经生锈迟钝了。

"你戴戴帽子怎么样？可能心情就不一样了，脸也看上去会周正些。"

"你这么一说，我帽子放哪里了？"

"最近攒了些钱吧。"

"哪里！晦气呀，最近出了一件让人难以心安的事。报上也登了，写的是她因为阑尾炎病死的。她生前曾被介绍给我，一个可爱的女孩子。从横滨带过来的，十五岁吧，第一次接客之后，就发了高烧，得了大病，第二天就死了。事情闹大了，打算靠她大赚一笔的家伙，也被警察带走了。"

"以杀人的罪名吗？"

"不是，诱拐罪。最后也不知道到底是谁把她带来的，客人到底是什么人。"辻本嘀嘀咕咕说着的时候，突然传来了如同疯子一般的大笑声。

"哈哈哈！呵呵呵！嘿嘿嘿！"

我大吃一惊，回过头去，辻本冷笑着说道：

"是九宫鸟。"

皮条客

五

松村店里的九宫鸟的确笑得令人毛骨悚然。如果您觉得这是小说中的虚构，可以秋天去松村听听。现在他们处于暑中歇业期间。

每年，在浅草，夏天会歇业的只有鸡肉料理店金田和他们家。大概是因为他们不会那么轻率地一到夏天就改成冷饮店营业。

女孩的死，也并非虚构。

"可是，怎么第二天就死了呢？"

"她也许真的得了阑尾炎。当时又不能叫医生，因为太冒险了，但也等于见死不救啊。"

"就在这附近吗？"

"在去您家的路上。是出租的房子，要一起去看看吗？"

"看了又能怎样？那客人还真是乱来。"

"前几天，有人把豆腐店的女儿托付过来，是三姐妹，说是三个人都要卖。我觉得她们实在可怜，后来豆腐店自己也作罢了。三姐妹都很漂亮，而且都是黄花闺女。"

"她们打算在自己家里接客吗？"

"是的。豆腐店得早起做生意，我觉得不行。可是三姐妹想干。一家三姐妹呀，这真是我干这一行以来头一遭呢。"

"这个行当，历史也很久了吧。"

"有人干了二十年呢。那时候，浅草十二层塔楼周围还很繁华。据说那些卖名酒的商店让这个生意红火了起来。那时候，不像现在这么危险，很多客人还会主动要求带他们去店里看看有些什么女孩。变成现在这样是从大地震之后开始的。有些老资格又机灵的皮条客，赚的钱还能供两个儿子都送上初中呢。像林田，赚了有四五千吧。他特别会揽客。我当时也戴着刚才说的那个帽子，看上去像个知识分子呢，我自己不拉皮条，而是和某某中介一起，给皮条客介绍女孩子，介绍过去的都是些破烂货。首先，我带客人们去的地方，跟皮条客不一样，银座、山手这些地方都去的，先滔滔不绝地介绍两三个上等女子给客人，当然，我知道这些人没什么钱，说来说去，最终往往就含糊其词说今天先在这附近将就吧。你不能战战兢兢，要保持大方飒爽。话说回来，穿着打扮上最好比客人体面，这样能先唬住客人，让他自觉矮了一截，那样的话，就算最后介绍给他同样的女孩也可以卖更多钱。哎！不过最近我也懒得说那些让人一眼就能看穿的牛皮大话了。"

"你现在也变成做生意的了。"

"是啊。一开始是想给那些女人找麻烦，解解气，后来觉得戏弄那些男人也很开心。现在已经不再觉得有任何乐趣。女人都是拉开拉门，鞠个躬，就缩回去了，真搞不明白货色好坏。当然，偶尔也有厉害的女子，到时候客人肯定会大吃一惊的。"

"还是有人会包养中介介绍来的女人吧。"

"没有这种事。我就算想让她们借钱，客人们也没有那个财力。回去之前，她们把廉价货的钱包掉在地上，客人一定会提醒，女孩就说，来回是坐出租车的，让客人给回程的路费，然后打开钱包给客人看，钱包里面只有两三枚铜币。这一招只有年轻女孩才行得通。当然，偶尔也有些姑娘是从自己家里过来的。"

六

"干这行的女人大多数都住在雇主家里。白天一看，耳朵的颜色已经褪去。也有些从中介过来的。有的皮条客声称派老婆去四处游说，让客人大感佩服。皮条客的老婆到各处的浴室、美发店打探，地点不固定，每次都换不同的地方。聊的都是家长里短的事情，我怎么不吃东西还这么胖呢？最近不景气，头发掉得厉害啦，等等。说自己多么辛苦。发现不错的女孩子，她们就步步靠近过去劝说。听皮条客这么一说，客人们一般都信以为真，其实那都是假话。很少有皮条客自己去发现女孩子的。说起来都是良家妇女某某的侄女啦，乡下的远亲之类的。对啦，还有一句肯定会让女人说的话：下次来的时候不要跟车夫一起，一定自己过来。皮条客跟卖保险的一样，一般只有第一次能够分到提成。第二次开始，客人们都自己直接去找女孩了。有的雇主家门面很大，里面有六七个女孩子。光靠拉人力车活不下去，自然而然就干起这个行当来了。最近，警察越来越烦，很多人都不干了。"

"那些人家大多是租的房子吧。"

"当然，全都是租房。不停搬家。如果不搬家，熟客越来越多，皮条客容易被抓。不过，那些人家的主人不是赌徒，就是无赖，没有公证书，借不到房子。客人们如果担心，他们就会说主人的儿子跟警察很熟，绝对安全，皮条客都是这样的。"辻本手指放在鼻子上，说道：

"都是有钱就花的。夏天还好，冬天在冷地里站一个晚上，弄到一两元钱马上就去喝酒了。"

"你们这些面孔，估计大家也都认识吧，居然没有被抓？"

"被抓了，也没什么。拘留十天。象潟警署里客人最多，两三百人吧，坐都没有地方。甚至要站着睡觉，哪里记得住长什么样呢。据说他们要扩建拘留所。接下来还要整治不良少年。这就好比袋子里的水，你按住这边，它就流向那一边，你一松手，它又流回来了。听说很多人到河对岸去了，暂时到别处躲躲，看看风声。如果这样严厉取缔两年，估计大家就真的会被迫卖掉土地离开。现在都是政党内阁了，取缔方针也不停变化，所以大家都在等着内阁垮台吧。本地有头有脸的人物都有消息的。据说，乞丐也开始持证上岗了，结果数量比以前少了一百多人。估计皮条客也要被清理吧，那么一来我恐怕也得洗手不干了。"

辻本把这当成了起死回生的绝好机会。

不出所料，八月六日的晚报上报道了与皮条客有关系的浅草"春之家"等六十几家一起被整顿的消息。

以坂本警署为中心，象潟、日本堤、南千住等各警署呼应配合。行动从五日晚上九点开始，到六日清晨为止。各大报纸报道的人数有所出入，据说最中心的坂本警署，拘留所里人满为患，从下谷的龙泉寺、入谷，到根岸一带，共逮捕女子五十名，男子三十名左右。女子的年龄在十五岁到四十八岁之间。

皮条客也逮捕了二十名左右。

七

为何以坂本警署为中心呢？

招揽客人的地方与带客人前往的地方，分属象潟与坂本警署管辖，这样就有难以言表的便利。而下谷的龙泉寺、入谷一带，有很多穷街陋巷，保留着地震之前平民区的风貌。

不过，日本堤和南千住警署逮捕的女子（据《日日新闻》报道有二十六名，《读卖新闻》报道只有五名）与皮条客没有关系。从泪桥大道跨过廉价旅馆街区，到南千住储气罐一带，她们上街拉客或是站在弄堂一角拉客。客人都是廉价旅馆的住客或是工人，根本没有皮条客抽成的余地。而她们自己大多是中年妇女，在其他地方拉不到客人。

近来大家都说，浅草公园已经失去了灵魂，没有了阴翳，彻底干涸了。取缔措施日益严厉，但是振兴政策却完全没有。在浅草祭的开幕式上，听到的都是感慨"浅草萧条凋零"的演讲，唯有浅草寺的大森贯首①声言并没有感到冷清。从浅草公园向北望去，大都会的疲惫也沉淀在吉原烟花巷一带至泪桥附近的廉价旅馆街区之中。

那里也属于浅草。秋风之中我带各位去看看吧。

----

① 日本佛教各宗的总寺院和各大寺院的住持首领等的称谓。

不知道辻本这次是否被捕了？

辻本住在陋巷里洗澡桶店的二楼。与一个女人同住。

辻本说女人是他老婆。而女人则跟我说，她只是收留了辻本，根本不是他老婆。

我今天想去他那个弥漫着强烈木屑气息的二楼看看，又有些犹豫，担心辻本被捕了，只有女人一个人在。我想起辻本在公园喝醉之后说的话。

那天，我潜入设在传法院庭院里的浅草祭游园会场，吃了一圈各色小吃，本想去红团阿春新开的游乐酒馆看看，可是大白天的，时间尚早，于是就去红豆汤店，打算润润喉咙。没想到，辻本越聊越起劲，谈起他的工作，他竟然也沦落到了这种境地，因为人家请吃一碗红豆汤就要没完没了聊个不停。我觉得过意不去，离开松村店之后，我决定请他到附近的公园亭喝酒。

我已经吃饱了，面对着有名的炸猪排饭也没有食欲。窗外可以看见穿着统一服装的艺伎们，我一边等辻本喝醉，一边望着往返特设舞台的她们匆匆走过言问大街的脚步。辻本有些醉意了，于是我开始频频表扬辻本的女人。那天，我是第一次见到她。

"那女人不值一提。"每当我提起她，辻本都不予理睬，但喝完四瓶酒之后，他突然提高了声音，说道：

"皮条客的女人没什么好货。有人牙齿都掉光了，有人漫天要价，然后就不知去了哪里。好女人不会干这种事情的。"

"那倒也是。"

"跟那些女人比起来，你老婆要好上百倍吧。你不觉得吗？"

"你已经表扬好多遍了。"

"如果是她的话，你也会花钱买吗?"

"是啊，随时都可以。"我静静地笑了，一边看着辻本。他突然声音高亢、带着哭腔说道:

"真的出钱吗?"

"你怎么了? 一个人如此激动。"

"是吗，她真是那么好的女人吗?"辻本放下酒杯，抵着头，竟然哭了起来。

冠军新太郎

八

顺便说一下阿春的游乐酒馆。

"昨晚只有四个客人，每人付了一元五十钱。"她突然把钱拿给我看。

阿春让吉原四海楼的大叔帮她开了酒馆。难怪大家都目瞪口呆。

"这个生鱼片，二十钱。那就卖三十钱吧。小碗菜，十五钱，这个酒嘛……"这位大叔是这样自己算账的，对他来说是轻车熟路。

招牌上写着供应餐饮，但并不在店里烹饪。摆出自制料理的样子，其实是在后门接收外卖。便宜的咖啡馆也是这样运作，客人们还以为饮食是店里自制的。

生意好的时候，夏天一个晚上能有一两桌客人。很多店里几天也见不到一个客人。即便想自己烹饪，一方面采购的食材容易腐烂，加上买餐具、锅具的开销也要一笔钱。

大叔当然非常清楚这一点，比如说二十钱叫来的外卖，加上十钱的手续费，定价三十钱，这样不算暴利。他自己算好账，想付多少就付多少。

如果让店里的人自己结算，根据时间不同、客人不同，不知道会要出什么价钱。因为难得有客人，女人们如临大敌凑在一起也是难免的。如果不能到门口招揽客人，拉客进来，那生意就只能自生自灭。

"公园净化"运动在这一方面管制得也非常严厉，有刑警会上门怒吼说不准她们给客人斟酒。

"难道要店里的女人放下酒瓶，站得远远旁观？那客人还怎么喝酒？怎么有这种蠢事。看来这生意是不能做了。"有些店里的女人这样歇斯底里地喊着。

有一个四十几岁的女人从房州流浪至此，她总是把客人的酒喝得一干二净，所以很受重用。因为高度近视，她站在店门口物色客人的时候没有看清楚来的是刑警，结果被店里赶走了。

四海楼的大叔喜欢来这样的店。

带钱去消费倒也还好，问题是他习惯不付钱，非要让人随他回家拿。为此，他还特地租了一间房，以前在吉原围渠① 那里，现在在花园街后面。他每次带人回去，再付钱。

一旦有这类小餐饮店新开业，大叔就会去光顾，然后用上这一手。

阿春竟然让如此令人讨厌的人给自己开了游乐酒馆，这大大提升了阿春的人气。之前她一直在一家名为松叶的小餐饮店打工。

---

① 为了防止妓女逃亡，江户时代，在吉原妓院街区四周修建了沟渠。

浅草祭上曾经策划举办花魁游行和手古舞游行，但是有这种店主人在，还在纳凉祭期间于各家店铺张贴"全吉原服务大赛"的海报，实在没有花魁游行的氛围。

花魁游行和手古舞游行都在"浅草今昔展"中展示了昔日的服装，终究不过一种"好古趣味"而已，与松井源水去欧美漫游时表演大陀螺如出一辙。

取而代之的，则有霓虹灯游行、浅草人气人物探访、女星们参与的主要餐饮店巡回竞技等，倒颇符合现在浅草的气质。

巡回竞技的第一名，是"爆笑王国"剧团成员的新太郎。新太郎是她的艺名，原名水越弓子，是一名十六岁的舞女，她用三十七分钟跑了六十四家餐饮店，比赛结束后，她立刻上舞台表演，结果当场倒下。

九

因为起点是传法院后门，所以野口食堂、鱼河岸料理、中清、五十番、中西食堂、下总屋，这几家店，无论是表演安来调的小姑娘，还是表演轻歌舞剧的舞女们，大概有二十四五个人一群，奔跑着转了一遍。她们胸前装饰着蔷薇花，头上扎着写有各自姓名的缎带，随风飘动。人群中的水越弓子不愧是未来之星，穿着打扮与众不同。上衣是衬衫，下身则是舞台表演用的男子裤装，脚上穿着芭蕾鞋。

比赛前一天幕间休息的时候，她与道具师阿春一起，按照当天的比赛线路仔细转了一圈。

第二名也是"爆笑王国"的成员，叫喜多衣子。

大家都说"爆笑王国"的团长古川绿波，经历过团员水江泷子等的劳资纠纷之后成熟老练了起来。他坐在如同库房一般、毫无情趣的松竹屋食堂里吃光了一碗猪排饭，把弟子新太郎，也就是弓子，叫了过来。

"你跑完回来的时候，前胸是这个样子呢。"说着，他做出用手掌给心脏扇风的样子。

"我让她好好休息，可这孩子太喜欢上台表演了。"

他对着来后台探班的我这样说道。

"她一回来，就冲上舞台跳舞了，结果哐当一声倒下。大家赶紧喊医生，手忙脚乱的。"

新太郎涂着蓝色的眼影，没有作声。

"后来，你拿了什么奖品？"

"松屋百货商店的二十元购物券，还有一个小盒子，里面有香粉、化妆水之类的。"

"那是化妆品套装吧。"

六月二十五日是女星们参与的这个主要餐饮店巡回竞技，二十七日则是人气人物探访，选出的人气人物有榎本健一、二村定一、古川绿波、大辻司郎、渡边笃、横尾泥海男、生驹雷游、熊冈天堂、西村小乐天、东家鹤燕等十人。天堂和小乐天是默片解说员，鹤燕是浪花调①的说书人，其余则无论曾做何种职业，现在都是轻歌舞剧的演员。

---

① 日本的一种大众曲艺。在三味线的伴奏下，由一个演员以通俗易懂的曲调说唱故事。

"浅草这个地方很神奇。它不断催生新事物，但与此同时，又不会轻易丢弃旧事物。

　　因为浅草

　　比起银座，更有人情味。

难怪在浅草长大并创作了很多拙劣小曲的佐藤八郎[①]也会拍着他的大肚腩，威风凛凛呢。

"再举一些没有被遗弃的旧人的例子。请各位看看歌剧馆的海报。当年歌剧盛行的时候，令满城女子赞不绝口，甚至还有几个女子为之自杀的田谷力三的名字赫然写在上面。最近新创办的松竹艺术集团，其成员更是令人惊讶。清水静子、南部高根、南部邦彦、杉宽……这几个人都是在帝国剧场上演歌剧的时代，由罗西[②]师傅一手培养起来的弟子。之后有高井红宝石、园薰、松井浪子等等。当年因扮演石童丸令观众落泪的松山浪子，换了十几个丈夫，已经三十四岁了，可依旧穿着红色上衣上台表演。于是，观众中的中老年人不由得追忆往昔，大声呼喊她的名字：

"'浪——子，浪——子！'

"这个浪子，回到后台，一边自言自语'原来我还这么受欢迎呢'，一边对着镜子涂抹冒牌的阿莫尔护肤霜，用象牙（当然是马骨或是其他东西仿造的）的滚筒压平脸上的皱纹。于是，尽管她本

---

① 佐藤八郎（1903—1973），诗人。
② 罗西，生卒年不详。意大利人，出生于米兰。芭蕾舞教师、舞蹈设计师、歌剧导演。

人已不再年轻，却完全不认为自己上了年纪。这大概就是浅草的恩惠，实在是可喜可贺之至。"

的确，正如佐藤八郎所写的这般，"浅草是有人情的"。

果真如此吗？

"哪有什么人情？就好像靠着烤鸡摊位的残羹剩饭过活的小白。关键是自己对自己都没了人情啦！"白井难得又喝到电气白兰地①，他敲着篮子得意洋洋地说道。旧篮子沙沙作响起来。

篮里装着很多寄居蟹。

---

① 与白兰地相仿的一种混合酒。

寄居蟹与狗

十

白井本来是摆摊卖艺的。

他从一个乞丐混成摆摊跑江湖的，却又和大哥的女人搞在一起，只好逃离大哥。女人比白井大十四岁，还有一个孩子。三个人住在泪桥附近的简易旅馆。白井想趁此机会做些正经营生，于是去干市里的土木工程，每天有七十五钱的收入，没想到把身体搞坏了。

女人只好采购一些便宜的肥皂、樟脑和纸张，牵着孩子的手四处推销。靠着这样赚来的钱支付二十五钱的房租，勉强维持三个人的生活。

女孩子在简易旅馆街上长大，今年九岁了。

于是，他们让孩子在雷门邮局前面卖寄居蟹，三只十钱。五六年前，他们在简易旅馆落脚的时候，有一对男女和那里的生活有点格格不入，也许是这个原因，他们反而和白井亲近起来。

男的曾经是西餐馆的厨师，女的则是服务员，两个人都失业了。女人养了一只狗，在简易旅馆浴室的燃料房的角落里，搭了个狗窝。

女人只要有了钱，不管是两钱或十钱都会立刻拿去买烤鸡串来喂狗。男人为此责备女人，女人含泪说道：

"这种不知道是猫肠子还是老鼠肉做的烤鸡串，它以前看都不看一眼的。即便我们自己吃不上，我们也没有让小白缺了正宗的烤鸡。"

令人不可思议的是，女人的前夫带着正宗的烤鸡来看望小白了。

这条狗最初是丈夫村木带回来要杀掉的。

村木以前给兽医做助手。因为他喜欢狗，所以选择了这个行当。在他的提议下创办了都北爱犬会。会费每个月三十钱，兽医给会员的狗做健康检查，发放小册子，会员的狗看病按实际花销付费。这是兽医常用的宣传方法，也来我家推销过，所以才认识的。

新开业的兽医想做各种尝试，说是要给刚出生的小狗做检查，看看消化器官里是否有寄生虫，于是吩咐跑外勤的村木去找一些这样的小狗。他马上在胶鞋店找到一窝小狗，主人正不知如何处理，想到小狗马上要被杀掉，村木挑选了其中最弱小的一只装在胶鞋的空盒里带了回来。途中，小狗拉肚子厉害，村木都帮它处理了。

回到家里，村木的妻子觉得小狗可怜，决定把它养起来。他们租的是一个两层楼房。村木每个月工资二十元，每增加一个会员，还有三十钱的佣金。一开始每天可以招募到三四个新会员，渐渐地会费越来越少，加之又挪用了公款，因病休息两三天之后，村木就再没有去家畜医院。

接下来换妻子开始工作，回到之前干过的龙泉寺的咖啡馆上班。他们把狗放在洗衣盆里，搬到今户的外围。据说那里是龙泉寺咖啡店的分店。

"反正二楼空着。我不收你们房费了，你们觉得过意不去的话就每个月给我两元吧，就当是电费。"老板这么说，可搬进来一看，发现电线早已经断了，什么都没有。

老板说没有人住，可是楼下脱鞋处后方有个两张榻榻米大小的房间，一个白头发老太太独自坐在黑暗之中。

十一

妻子深夜从店里回来，点亮一根和服袖兜里的火柴爬上黑暗的二楼，把沉重的包袱扑通一声放下来后，说道：

"我知道老板为什么让我们住这里了。"

"什么？那不是大米吗？"

"是的，老头偷偷给我的。"

"给你大米吗？"

"你想什么呢？是给楼下老太太的。"

"是嘛！我还以为是给你的呢。"

"他偷偷从米柜里舀出来的。之前好像是他自己拿过来。"

"与其送来一两升米，不如直接给钱好吧。"

"八成是在老婆面前抬不起头。据说他老婆之前在成田开了一家不小的饭馆。老板当时去成田山参拜时，骗着他老婆卖了饭馆来到东京，买下了龙泉寺的店。"

"楼下的老太太是什么人呢？"

"什么人呢……老板说是他丈母娘。据说夫妻俩趁着龙泉寺的店开业，半夜丢下这里的房子跑了，连同厨师和服务员也带走了。这里的房租一直没有交，还欠了一屁股债。房间里的桌子啦、椅子啦，后来都被要债的给贱卖了。现在他的店是用他老婆的名义开的。"

"把老太太一个人丢下不管了？"

"肯定是有不能带过去的理由吧。店里的人都说，他们当年在这里开店的时候，骗了老太太好多钱。"

"可是，房东居然不管吗？"

"这个房子，房东在出售呢。虽然老板说将来生意好了要在这里开分店，可房东才不信呢。这么破的房子，要想重新装修再租出去也要一笔钱。虽然家具什么的房客会自己添置，可是房子已经染上了霉运，也赚不到多少房租，所以才要卖的。老太太也好，狗也好，让他们先住在这里，对房子也没太大损失。"

"这样的话，至少装个电灯啊。"

"蜡烛已经没有了吧。我应该买回来的。"

"还有的。"说着，村木摸索着点亮了蜡烛。

"你又去公园了吧。"

"嗯，这种房子谁待得住呢！只有邻居家的电灯会从窗口照入。老太太倒好，太阳一落山就睡觉了。"

正是因为这房子的原因，村木给一个唱安来调的、叫出云阿里的女人做了托儿。

有一个都北爱犬会的会员，在那个戏棚做领座员。他让村木帮他对着阿里吆喝叫好。舞台和观众席融为一体喧嚣热闹，安来调的演出让观众感觉如同来到便宜妓院。托儿们则同在宴会上说笑助兴的男艺人一般，不仅呼喊演员的名字，还要从观众席对着舞台插话、逗闹，让氛围热烈起来。村木在这方面很有才能。

于是，每天晚上他就有了三五十钱的零花钱。

十二

妻子运了几次大米之后，终于被老板娘发现，骂她和村木二人是偷米贼，于是二人索性离开了这家挣不了多少钱的店，之后转来转去流落到了城郊。村木每天依旧去安来调的戏棚挣钱。

龙泉寺店里的保镖小混混说是为逃避赌债，想在没有电灯的二楼躲两三天，就此赖着不走；另一个干了很久的女服务员，总说要和村木做搭档，她的情夫也住了进来。这个女服务员每次来见男人的时候，都会顺便给老太太运来大米。

村木夫妇实在待不下去，到田原町借了房子。小白开始只吃烤鸡，就是从那时开始的。夫妻两人一顿饭只吃两钱泡菜充饥，却给小白喂十钱的烤鸡。

也许是因为从小吃苦长大，女人对于狗的依恋，带着某种噩梦般的元素。

因为目睹了这一切，所以白井曾经给村木写了这样内容的一封信，大意如下——田山和志乃（村木的妻子）拖欠了太多房租，趁着夜色不知逃到哪里去了。房主非常气愤，为了出气毁了小白的狗窝，把餐具也都扔掉了。我觉得小白是无辜的，就在中庭放了一个装煤的箱子，里面垫了两三件佳与（白井女友带来的孩子）的旧衣服，让小白睡在里面。我会一直照看好小白，直到你找到生计。如果你也觉得小白可怜就尽早回东京吧。成为一名出色的画家，让小白可以吃饱饭无忧无虑。

村木在大阪收到了这封信。

他被安来调剧团的人怂恿着作为出云阿里的托儿一起出门巡演，不料在大阪被她们甩了。

田山是个厨师。村木第一次跟着安来调剧团到北海道去的时候，志乃就和田山在一起了。

不久之后，田山失业，两人流落到简易旅馆。志乃把跟村木一起生活时候用的被子和其他东西都搞没了。但她还是带着小白。田山走投无路，到自己曾经干过的早稻田的店里，一时鬼迷心窍，偷了东西，结果被拘留十五天。志乃觉得自己哭闹只会让肚子饿，疲惫不堪，只能瘫软躺着，毫不在乎地吃着白井和女人的剩饭。而狗却一口都不吃。

村木重返东京之后，听旁人都说志乃很可怜，于是时常带着烤鸡到简易旅馆来。但没多久他又去了大阪。安来调渐渐不再流行，剧团也被迫离开了浅草。

村木在大阪收到白井的信，可是也无法回东京。志乃竟然把曾经那么爱护的小白丢下不管，实在出乎他的意料之外。

"过些日子，我就来接你。"白井一个人嘟囔道。他觉得，如果自己不来接小白，志乃可能会带着狗一起自杀。

村木带着烤鸡去简易旅馆的时候，白井问他，你是想做画家吗？村井不知如何回答，随口答应了一声，没想到白井竟然信以为真，还在信里提起，这让村木感到莫名的内疚。

手古舞人偶

十三

　　村木觉得白井信里所说有些奇怪，那意思似乎是白井养着小白。可是，白井吃的东西，小白怎么会吃呢?

　　正如村木想象的那样，小白按照在田原町还有和志乃在简易旅馆时的习惯，开始每天晚上跑去广小路的摊贩。不久之后就再也没有回简易旅馆。

　　村木、田山、志乃都从浅草消失了。

　　"和出云阿里一样啊，当年阿里的人气真是如日中天呢!"白井在神谷酒吧人造大理石的长桌前，一边清理着头皮屑，一边说道。

　　"说起来，浅草祭的那些所谓人气王，我是不服气的。你看，其中一个女的都没有!"

　　"那是当然! 那些人气王要在街上走的，谁抓住他们就送给人家戏票。如果人气王是女人的话那可要闹起来了。"

　　"是啊，那真是要出人命的。大家都拼命抓住漂亮姑娘，大喊你是人气王某某，那就要命了。"

　　森山象潟警署的署长，在九月四日的《朝日新闻》上发言:

"一旦发现不良分子，马上逮捕，处以拘留二十九天。在此期间，命令警署所有巡警记住他们的长相，拍摄照片，寄送各派出所，一旦发现此等人物进入，立即警戒，派人跟踪。如此一来，此类人等必定惧怕，不会再靠近公园。"

署长对各派出所配置的"不良人员名录"深感自豪，其中也是没有一个女人。

名录分为以下项目记录：逮捕时间、绰号、姓名、出生年月、原籍、地址、人像特征、犯罪方法、前科（含拘留）等等。每一页记录两人。报纸的报道中，按惯例附有胸前悬挂名牌的照片，截止到九月共计一百二十一名。几乎都是拦路抢劫的，此外，小偷和卖假货的各三四名，猥亵行为只有一名，这个明细简单直白地反映出浅草的特点。

"小白在浅草祭上也会呼呼大睡吧。"白井一直在喝酒，并没有起身的意思。

"它去哪儿了？"

"就在田原町车站的安全地带。晚上，烤鸡肉串的摊一摆出来，它就出动了，一直坐在那里等着。真是老实呢，很有耐心，甚至很少有顾客注意到它。据说狗也有各自的地盘呢。"

"对了，稻妻屋的事情就拜托啦！"

"我明白。"白井砰地敲了一下装满寄居蟹的旧篮子。

"稻妻屋"指的是在浅草祭首日出现、与美少年一起同行的流浪女艺人。

无名女剑士，突然现身，

芳龄二十，

大蛇戏剧，

奇异的大蛇，

表现怪诞与色情。

公园剧场上述广告词令我大吃一惊，望着颈部缠绕着大蛇、挥舞大刀的巨大人偶的视线倏然移向一旁，只见永泽屋的橱窗里装饰着手古舞人偶。我抛下同行的辻本，旁若无人地凑上前去，广告牌前的食堂也人头攒动，青竹喷泉下面有一些木箱，里面红鲤鱼和鳗鱼游来游去，我本想站在上面看。因为烂醉的客人中间有一个女子的背影，抱着小小的琴。

十四

纸气球如同蓝色的蜡一般放着光芒，是霓虹灯映照的效果。小雨淅淅沥沥下个不停，间歇的时候，气球浮现在夜晚的陋巷中，恰似秋日的裸体。

蓦地响起手掌的声音，带着些寒意。

正在拍气球的是自行车寄存处老板的亲生女儿和养女。养女个子矮小，有点胖，剪着短发，洋装下摆露出一双粗腿，背影虽然可爱，但是两只眼睛仿佛腐烂的鱼眼球。夜里从远处不经意一望，还以为她没有眼球呢。一张脸上只有上眼皮和弯弯的蛾眉很美，其他部位任性地起起伏伏。她在拍气球，看来眼睛是看得见的。

不过，这张脸让她因祸得福。

虽说是养女，其实是捡来的孩子。自行车寄存处的老板娘生了两个孩子，为什么还会捡了她呢？街坊邻居都觉得奇怪。原来是三四年前，老板娘去澡堂的路上，这孩子凑了过来，说道：

"阿姨，带我去澡堂吧。"

老板娘从澡堂回来，对老公说：

"我本不想和她一起去，就给了她五钱让她一会儿自己去。可是她跟了过来，身体很干净，并不像想的那样。而且拼命帮我洗后背，很懂事。你说怎么办呢。"

就这样，他们收养了这个孩子。因为她被同伴抛弃，已经无处可去。

她的伙伴阿稻、阿艳、大文、小文都从浅草消失了，她们流落到哪里去了呢？也许因为正值妙龄，都被卖到各处了吧。

她们从感化院出来后成为流浪少女，用毛巾包住披散的短发在六区游荡，或是驻扎在新公园里。这些人之中，现在只有看自行车的白眼女孩一人仍旧留在浅草，其他能卖得出去的女孩子一个都没被放过。

只有她被温暖的家庭收留，穿着流行的廉价洋装，凭借着旺盛的体力在邻里的孩子们中做了孩子头儿。老板娘从不亏待她，每次出去玩的时候一定会带她一起去。老板娘出门之后同住的小妾会一下子欢闹起来，让家里的小伙计买来糕饼，热闹一阵。小妾年纪尚轻，也很漂亮，不过不会顶撞歇斯底里的老板娘。

我有时候会想，白眼女孩听到秋天纸气球的声音是否会想起那些不知所终、长相姣好的流浪同伴。当年，卡基诺·胡里奥剧团兴盛的时候，剧场后台门口有片树丛，白天树丛周围被一圈摊贩环绕着，女孩们满身尘土在那里起居，现在想来如同一场梦。

　　她们就在那儿玩玩土、摘摘树叶，或是靠在树干上，坐在地上，白天浑浑噩噩度过。我从后台回家的时候，瞥了她们一眼，她们会猛地站起身来，用嘶哑的声音喊着："你有什么事？喂，有什么事？"然后站起身跑过来。

　　这些女孩都是短发，扎着黄色的兵儿腰带。

十五

　　秋天的寒意不仅来自纸气球的声音，也来自皮条客深灰色的大衣，来自永泽屋橱窗里手古舞人偶的衣裳，来自摊贩的灯光里。

　　　　露天商贩呼吁，希望得到顾客们的同情
　　　　——露天商贩缴纳的电费过高。
　　　　——皆因议员横山兵藏，市议员赤木三郎、野见启助收取
　　　　　　中介费，每一百烛光①电，本为四钱一厘，现被额外
　　　　　　加收十四钱、十八钱。
　　　　——这些人十几年来盘剥毫无背景的最底层弱者，陷我们
　　　　　　于痛苦之中。
　　　　——就算我们是弱者也无法继续忍耐了，为了摆脱这种压
　　　　　　榨，我们团结一致，开始维权。
　　　　——以往明亮的夜市，如今变成了过时的电石灯，给您的

---

① 光度单位，日本在 1948 年以前使用。

购物带来不便，敬请谅解。

——为了使我们的维权斗争取得胜利，请各位克服不便，在昏暗的环境中支持我们，购买我们的商品。

——恳请各位顾客，帮助弱小的我们，取得斗争的胜利！

神田区神保町一丁目四十九番地

大东京常设露天商贩联盟本部

在山谷车站对面的玉姬，露天商贩排成长列，这种石版红字印刷的海报只悬挂着两张。共有十三个工会、一千五百多家露天商贩参加了此次维权斗争。也许因为海报不足，寺岛只有一两家商贩张贴着用毛笔书写的传单。玉姬的常设露天商贩都使用以前的电石灯，而旁边庙会的露天摊贩却使用电灯，我看见不知情的顾客还是朝着明亮的电灯方向聚集而去。

七月，晴七日，雨十七日，阴七日；八月，晴一日，雨九日，阴二十一日；九月，晴一日，雨二十一日，阴八日；十月，无晴日，雨五日，阴两日。今年这种天气之下生意清淡，露天商贩也无力顾及电费斗争了。而银座和浅草公园的露天商贩虽然没有加入电石灯与电灯之争，但又是防空演习灯火管制，又是提前收摊，在关西肆虐的暴风白日又在东京横行，晚上才放晴。暴风雨过后人们争先恐后拥至浅草，呈现出一派意想不到的热闹景象。我经常在森永等地看到的舞女高田澄子，她竟在筑地明石町的宾馆饮毒自尽。不知不觉之间，秋意日渐浓厚。

玻璃橱窗里，手古舞人偶浅蓝色的锦丝衣裳的确令人感到寒意。六月份浅草祭之前它就已经立在那里了。

永泽屋特别细长的橱窗里之前仅陈列幼儿的夏装，如今锦纱、平纹绸、纯白纺绸的背心坎肩和长袖的组合已经都换成夹衣或是棉衣了。

幼儿和服的美丽陈列总在夏天带来凉意，秋日令人温暖，任何季节都能让人感受到如奶水一般爱的气息。而立在正中的手古舞人偶，在听了辻本沉重的话题之后则令我感到一种怀旧的清凉甜美。秋日已至，那褪了色的淡色衣裳和草鞋上面积满尘土，唯有鲜明的黑发与金棒闪光发亮，令人哀叹。

我觉得，在永泽屋前面的大黑屋食堂跳舞的稻妻屋歌三郎，与这个手古舞人偶是绝佳的搭配。听到歌三郎这个名字，各位是否会想起《浅草红团》中的一节？

"弓子与童星歌三郎走在一起，相比这位嘴唇过于美丽的少年，弓子看上去更像男孩子。如果一个美丽的女子看上去有男子气……（略）在能看见吉原大堤火警瞭望台的那个死胡同里，我跟她租了同一个大杂院的房子后不久，有一天，我突然看见弓子给歌三郎穿短布袜，就在那个有钢琴的屋子的玄关。她用衣袖不停擦拭眼泪，抽抽搭搭哭泣。歌三郎戴着帽檐很宽的鸭舌帽，双手插在和服外套的衣袋里，双脚伸在她面前。"

隐居之所

十六

"当然，弓子好像不是这个少年给弄哭的。我装作没看见的样子，偷偷躲了起来。

"对于看起来像个男孩子似的弓子而言，这件事意味着什么呢?（略）

"我忘记介绍了，歌三郎不是弓子的弟弟，他还只是一个十二三岁的孩子。

"春子与弓子不同的是——（略）她比任何女子都更有女人味。

"真正的女人没有悲剧。任何人看见春子都会这么想。她会让你觉得并非是春子没有悲剧，而是真正的女人没有悲剧。至少，她是这样的女人。"

我写下这段文字，已经是五年前的事情了。

阿春现在是新开的艺伎酒馆隐居之所的老板娘，早已不是当年的模样。

浅草祭首日傍晚，我在公园亭和辻本喝酒时聊起一个女人，辻本称她是自己老婆，而女人却不承认，聊着聊着，辻本哭了，我不知道是否是酒的缘故，不过，他的哭出乎我的意料，看来这个男人还有希望。这时，店里来了很多参加演出的艺伎，和穿着带有家徽图案的礼服裙裤的官员们一起用餐，这么多人面前，辻本一哭，让我很难为情，赶紧逃出店去。我穿过大街径直进了小巷里的艺伎街区，只见穿着红色围裙，上面印有"浅草祭，象潟餐饮店工会"白色字样的女子三三两两走在街上。

各家的屋檐下悬挂着印有"祭"字的灯笼，路上尚未出师的艺伎们穿着罗纱和服，白底条纹上面配有红色的竹子图案，和服腰带简单打个结，两端长长地垂下来。已经独立的艺伎则穿着波浪配以蜻蜓图案的罗纱和服。无论是传法院庭院模拟店的服务员，还是观音堂后面戏场的舞女，都是这副打扮。着装统一的艺伎们你来我往，艺伎学徒们的木屐叮当作响，艺伎酒馆的女人们进进出出，一边乘凉，一边聊天。突然，阿春向我打招呼，让我着实吃了一惊。

她穿着宽松的连衣裙趿拉着木屐，哒哒哒地追了上来。

雪白的绉绸连衣裙如同洗得褪色的内衣，她竟然这身打扮就冲出门来。肩膀那里浆洗得笔挺，衣服是无袖的，整只胳膊露在外面，裙身肥肥大大，腰后却撑了起来，裙子下面露出的小腿并不好看。肤色虽白但脂肪堆积，令人不快。

"哎呀，好久不见了，您偶尔也来看看我呀。"她的声音像个男人，握紧拳头似乎要挥起粗壮的胳膊。

"您过门不入有点过分了吧。至少来看看我们店里的服务如何嘛。"

"不是的，今天要去吉原看萤火虫。"

"又不是小孩子，看什么萤火虫呢。到我们店里来玩捉萤火虫怎么样?"

"你的店在哪儿?"

"太失礼了吧。竟然不了解隐居之所的服务,那还来浅草做什么?您在小说里帮我们好好宣传宣传,我请客。"说着,她抬起我的胳膊,拉着不放。

"到我们店里喝口茶吧。"

我没想到阿春的脖颈竟然如此粗壮。

"你这身打扮像个勤快的劳工呢。"

"是的呢。客人们喜欢这种直截了当又平凡的风格。自从不再涂脂抹粉之后人就越来越胖,不过身体结实,我很开心呢。"

的确,她脸上没有脂粉,眼角看得见细小的皱纹。

十七

阿春当年十五六岁,是千叶船形旅馆的服务员,她最大的愿望是成为东京艺伎区的美发师。经过浅草十余年的摸爬滚打,她竟然当上了艺伎酒馆的老板娘。

红团时代她曾经说,男人是生活中的安眠药,一双不检点的、湿润的眼睛,如今却像精打细算的男人的眼睛一般干涸,站在路边聊天,她吹嘘自己店里的寝具是丝绵之类的,甚至不停跟我讨价还价,商议提供小说素材的价码。后来我才得知,她和吉原四海楼的大叔都是精打细算,之前已经谈好利润如何分成,一旦艺伎酒馆生意不好,阿春就到四海楼去打工。

这个老板娘很有趣,而且又是新开的,因而虽然是偷工减料,生意倒也兴隆。

我问她："你这个隐居之所，不会闹鬼、有蛇之类的吧。"

"怎么会呢，有工会，还有警察呢！不过，我们在浅草公园背后倒有些特别的故事。"她回答得滴水不漏。但是，她似乎竭力避开以前的那些同伴的话题，我问她弓子、驹田和梅吉的消息，她坚持说什么都不知道，对我身旁的辻本更是看都不看一眼。

阿春变成了现在的模样，不知道弓子在这五年间发生了怎样的变化。

让弓子帮着穿短布袜的歌三郎，今年已经十六七岁了。但稻妻屋歌三郎看上去只有十三四岁，所以并不是同一个人。但是，美丽的嘴唇、长长的眉毛、女人一般的耳朵，却惊人地相似。不过这个孩子看上去傲慢狂妄。

他如同领唱运木歌①的消防员穿着印字短褂②。衣服下摆染着一道红色的闪电，袖子上也是闪电图案。崭新的藏青颜色之中露出童星特有的白色肌肤，越发显得藏青色十分明亮。而那道红色的闪电平添了一份色情，于是大黑屋前面挤满了看客。

左衣襟上印着"稻妻屋"，右衣襟上印着"歌三郎"。看见"歌三郎"几个字，我抬脚想站在红鲤鱼和鳗鱼游来游去的木箱上面，却被拥挤的人群推开了。

歌三郎在弹奏三味线，他在餐桌之间转来转去唱着歌，那副模样似乎在炫耀自己的美貌，看不起便宜食堂的食客，在施舍他们似

---

① 一种日本民歌，在运送木材时歌唱。
② 在前襟、后背上印有商店铺号或姓名的短外衣。多用蓝印厚布做成。主要是手艺人作为工作服穿着。

的。过了一会儿，他把三味线放在一旁，以成熟女人一般的手势跳起舞来。短短的平头脑后看得见底下的肌肤，十分妖艳。

食堂的食客们，大都呆呆看着歌三郎和他同行的女子。

女子站在入口处，反而被人墙遮住，连她的背影我都看不清楚。

她穿着藏青地白色花纹和服，抱着琴。

站在后面，我看不清楚那琴是三尺六寸的中国七弦琴还是八云琴①，看不清楚是否有琴马②。琴大概三尺长短，形状类似普通的古筝的缩小版。黑色的桐木琴身显得有些陈旧，她一直站在那里演奏。

感觉她似乎戴着手背套，扎着绑腿。

---

① 日本江户末期发明的一种二弦琴。
② 弦乐器的一个部件，用来支撑琴弦，移动其位置，可以调节弦的长度，使声音传到琴体。

木屑

十八

这个稻妻屋女郎一定就是弓子。

可是辻本毫无兴趣，在一旁拉扯我的衣袖，一点钟我还要去参加在公会堂举行的浅草祭开幕式，而且在人群之中与弓子见面也不方便，如果她还在公园的话，什么时候一定会再次遇见，于是我按捺住激动的心情，先去了浅草区役所。可我猜错了，所谓的"稻妻屋"竟然真的如闪电一般，转瞬即逝，我再也没有在公园里看见弹琴的女子和歌三郎。

我让走江湖的白井帮我找找：

"稻妻屋的事情，拜托啦！"

"我心里有数。"说完，白井敲了敲装满寄居蟹的旧篮子。

如果那女子真的是弓子，我的这个故事也就有了突破口。可是目前，还是回头解决声称"如果你愿意把我的秘密都写出来，我也有勇气去死了"的辻本的遭遇再说吧。

我邀请他和我一起去看浅草祭。

那天十一点左右，我按照他给我的信找到了龙泉寺市营住宅附近小巷里的洗澡桶店。一问辻本的家，人家告诉我在后面工作间的二楼。于是，我从后面的木门进去，看见洗澡桶店后门的对面就是工作间，可是我却没有找到上楼的楼梯。

正在煮料理的女佣告诉我："要绕到后面的巷子里。"我心想，怎么还有后面的巷子呢？于是重新回到房子前面绕了一大圈，在房子与房子之间找到一处看似是通往后巷的路，勉强可以过一个人，是水泥路面，应该算是一条路吧。一直向里面走，只见两旁房子的厨房后门如同隧道里的窗子一般亮着灯，路尽头又有一条类似的路呈丁字形，两旁也是一个个脏兮兮的后门，路的两端都是死胡同。我走到路中段的时候险些撞上公用水龙头，在一堆木屑那里终于找到洗澡桶店的后门。没有门牌，也没有名牌。

一个女人在巷子里洗衣服，问我：

"你是找辻本吗？"

看来我刚刚在外面问路，她都听见了。

"他去澡堂了，应该快要回来了，您进来等他吧。"说着，女人放下浴衣的下摆，头上的毛巾却没有摘下来。

我沿着危险的楼梯上到二楼。尽头是一个三张榻榻米大小的房间，靠这边的是一个细长的房间，四张榻榻米大小，拉门朝着楼梯中段一侧开着，建造布局很奇怪。榻榻米陈旧，拉窗有的是磨砂玻璃，有的则贴着纸，像是个库房，不过打扫得很干净，跟着我一起上楼来的女人递给我一个干干净净的印花坐垫。

"你是辻本的妻子吗？真不错啊。有这么漂亮的妻子，辻本应该趁早不要干那种买卖了！"

"您看我这身打扮，让您见笑了，一早就在打扫来着。"女人摘下毛巾，掸了掸膝盖。

虽然房子很小，可女人看上去是一个快乐操持的主妇。她身材匀称圆润，对我这个不速之客也温和亲切，令我深感意外。我甚至对于辻本让这么好的女人吃苦受累感到义愤填膺。有这么一个勤快能干的老婆，辻本还是很幸福的。

"原来辻本有这么好的妻子呢！"

"辻本是这么说的吗？我不是他妻子。"

"你们不是在一起吗？"

"是啊，难怪别人这么认为。我也很长时间没有工作了，所以就收留了辻本。"女人若无其事地笑着。

"你之前也是做那工作的吗？"

我打量着这个女人，有点不敢相信，拉皮条的人居然有这样的老婆！

十九

虽是廉价的双层中国桐木所拼成，但衣柜的颜色尚新。前面放着一张小小的矮脚餐桌，如同过家家用的，一件仿乌木还是仿花梨的黑色梳妆台突兀地摆在窗边。除此之外，没有其他家具物什，不过有这样一个温暖的女人，生活看上去并不黯淡。可是听女人说，她之前是干那个行当的，我又不由得另眼看待了。

衣柜和梳妆台，都是女人用身体买来的。

我以这样的目光重新审视这个女子，发现她的胸部、腰身都看不出以往的痕迹，脸上皮肤粗糙，毫无脂粉气，怎么看都是一个健康的主妇。

她一定以为我是辻本的客人，即便如此，对于初次到访的男子，竟然主动说出之前的营生，不知她出于何种想法。

"最近完全没打理外表，不行了。"说着，她脸颊泛红，似乎想把自己的脸遮起来。那神态甚至有些纯真、羞怯。

她也许想说，之前干那个行当的时候一直化妆，比现在更美。

"没有啊，你很美。"

"我这个人很懒。"她好像松了一口气，无助地笑了笑。

"一旦玩起来就收不住。"

"做上主妇之后就不玩了吧。"

"也没有。"

这样的女人一定客人很多。她会攒点小钱，一直沉沦于城市的底层吗？或许她心想如果没有钱了可以再去挣，就此在这样的摇篮曲中贪图着甜美的瞌睡。辻本其实是偷偷抱起了这个酣睡的女子吗？

房间里看似属于辻本的东西，只有钉子上挂的雨衣。

从楼下的工作间传来勒紧洗澡木桶铁箍的声音，木屑的味道飘了过来。

"你就正正当当地说是辻本的妻子，不是很好吗？"

"嗯嗯。"

女人点了一下头，又茫然地问道：

"他是那么说的吗？我一个人过日子，或是带着他一起过，都是一样的。"

"年纪轻轻的怎么这么说呢。"

"我已经三十了。"女人随口说道，我不禁有些吃惊。

她看上去也就二十四五岁的样子。

虽然她显得年轻，但却有种为母之人的镇定，我这才明白，原来是年纪的缘故。与此同时，我意识到这个女人属于那种天生的娼妓。简而言之，对于任何男人来说，她都是妖艳的母亲。虽然她自己从不主动做出娼妓的姿态，但是别人以娼妓待她，她也毫无怨言。无论到任何时候，她都不会冷漠暴戾，保持着甜美的青春模样。她不会一直为娼，随时可以从良。作为一个主妇，高高兴兴照顾男人，带来家的温暖。但她干那个行当的时候，完全看不出她想从良，男人们在急于与她寻欢作乐或是怜悯她之前，自然就会感到安心。因为她是永远不会变老的母亲。

想到辻本落魄成为跑江湖的人，我本来还感叹世事无常，不过竟然可以找到这样一位母亲可以依赖，对他来说也是生活的一种恩赐吧。

悲愿维明

二十

私生堂、性心堂、永乐堂、龙云堂、知进堂、神命堂、启佑堂、安心堂、长寿堂、起运堂、神刻堂——正如其名所示，都是占卜的地方。在久米平内石像后面，势至与观音两尊露天菩萨佛像旁边，弁天山下面的空地上，有十一个帐篷，都名之为"堂"。

神命堂兼卖香烛。

启佑堂用神签占卜。

长寿堂是一个老太太，用算盘占卜。

还有一个神刻堂也是老太太，其余都是老爷爷。

在此摘录几则帐篷上的广告。龙云堂写着：

生辰八字　一代运势

神圣明教

婚姻缘分　期货诉讼

知进堂写着：

股票大米　高低观测

明察秋毫

其他诸事　百般鉴定

宇宙永久

感知传达

恒知不死

弁天山石阶正下方的起运堂最为兴盛：

顺境如春　出游欢花

逆境如冬　坚卧看雪

春园可乐　冬亦不恶

（处世十训）

自以为深，实则浅者，智慧

自以为浅，实则深者，欲望

自以为饰，实则露者，谎言

自以为幼，实则老者，年龄

自以为多，实则少者，辨识

自以为高，实则低者，见识

自以为有，实则无者，财产

自以为无，实则有者，债务

自以为盈，实则损者，商人

自以为用人，实则被用者，主人

以上是昭和九年现在十一个帐篷的情形，摘自我的记录，也不知这些是否对我这个故事有所裨益。

　　在此，希望诸位记住的是一位用算盘算术占卜运势的老太太，她在千束町榻榻米店的屋檐下摆出夜市的摊位。白天她也在二楼做生意，从晚上七八点钟到十二点，生意最为兴隆，顾客不断。占卜费最低二十钱，一个人大约十分钟到一刻钟，一晚上保守地按照五六个小时计算的话也可以赚上六元钱。二楼房间一个月的租金是十四元，榻榻米店屋檐下再付四元，合计一个月十八元成本，收入则有两百元。占卜方法很简单，用生年月日、年龄以及其他与算命者本人相关的数字相加，根据和是奇数还是偶数进行判断。

　　这个老太太的事情暂且不谈，辻本在大年夜去弁天山听敲钟，回来的路上从帐篷前面经过，那是七年前的事情了。当时是否也有十一个占卜者，我已经记不清楚。不过，就像现在到处都是卖绘本的孩子一样，当年浅草商店街上不少皮条客走来走去，他们即便雇佣些女孩子，也不会像现在这样，雇佣者被判刑，而被雇佣的女孩则被送去劳教所。

二十一

　　"相传，平内常言，吾罪孽深重，为消除此罪孽，立吾像于道旁，望众人踩踏而过。然世人将此'踩踏'误为日语同音之'情书'之意，祈祷者将祈愿书奉至像前。又不知何人之行径，将前人所呈祈愿书以为神明之回信带走，依其文意判断吉凶。后有名之为文茶屋之小店，于社前售卖未开封之书信，每封十二铜钱，买信之人持书信与神像前之书信交换。如今已无此类人等，可谓浅草又失一名物。"（大槻如电①）

后面帐篷中的占卜者并非取代社前的文茶屋而兴起，不过原本晚上人迹寥寥可以休息片刻的地方，到了大年夜就通宵营业，生意火爆，辻本也被几家帐篷招呼，慌忙躲闪，却见仁王门旁边的泥瓦墙一带流浪汉们点燃红彤彤的篝火，正在热热闹闹过年。

"多亏了他们，这下暖和了。过个好年啊！"一个男人这样说着离开篝火，追随辻本而来。

辻本被带到业平桥附近，从厨房后门进屋。

"年夜饭准备好啦！"男人这么说着。辻本站在他身后向下看，只见铺着木板的房间里既没有洗碗槽，也没有防止老鼠进入的食品柜，昏黄的灯光下，两个女孩子正在向钵里盛着红烧杂烩，里面有胡萝卜、牛蒡、魔芋、煎豆腐等。这就是所谓的年夜饭。

旁边的木板房间里，地上铺着一张白纸，上面装饰着三个小小的年糕。

据说只有这姐妹两个一起生活，妹妹今年十五岁。

过了一会儿，妹妹睁开眼睛，诧异地盯着辻本看。

辻本从旁边的帽子里抽出一张夹在竹签尖上的三角形状的纸，把妹妹的眼睛遮住。

"我给你一个好东西。"

---

① 大槻如电（1845—1931），日本明治、大正时期的学者。

"什么?"

那是一个开运驱邪的护身符,元旦当天一点钟,与浅草观音堂大门开启的同时开始售卖的。

"希望你今年有好运气。"

女孩子把护身符拿在手里,反复看着,那样子像是在观察一个玩具。

"是护身符!"说完,她突然低下头,抽泣起来。

辻本轻轻站起身来,心想,这下她们会忘记自己这个不速之客了。

"不要回去,你不要回去!"女孩子抱住辻本的腿,哇哇大哭起来。

辻本哐当一声倒下来,嘴里说道:

"不要哭嘛。过年了,已经是元旦早上啦!"

二十二

熔铜铸钟　治功已成　撞之击之

殷殷雷轰　钟本无音　触物能鸣

触物是何　一切众生　众生一切

种种有声　音声种种　唯一铜鲸

鲸吼忽发　迷梦顿惊　况斯萨埵

威德峥嵘　诚念彼力　恭称其名

诸苦解脱　悲愿维明

以上是大佛山钱瓶辩才天女殿旁时钟上的铭文。

大钟为元禄五年八月重铸。当时，幕府将军德川家光亲自身披紫色绸巾，取出两百枚金币投入铸炉之中。家光言道：如若不在铸钟时熔入黄金，则钟声余韵不美。也许正是因为这些黄金的缘故，浅草大钟才能余音袅袅。

可是，辻本从那家里出来的时候，一百零八下钟声已经敲完。狭窄的小巷两旁，门松①上的竹叶碰到辻本的身体，沙沙作响。他脸上露出一丝冷笑。

这冷笑，与其说是在嘲笑抱着他的腿不肯放开的女孩子，不如说是在自嘲。他的脸浮现冷笑的同时，也已被羞耻之心染红，这充分证明了这一点。

当年的他，尚未完全褪去白面少年的模样，额头与脖颈同样光滑的肌肤，敏感地折射出他心中的叹息。他如同被自己白色的肌肤追逐着，怀揣悲愿，在浅草游荡。

其实那个大年夜，他之前还去了另外一个女人家。

那天，他从雷门朝着驹形方向步行回家，看见一个车夫怀里抱着一大摞年货，定睛一看，原来是言问大街的皮条客。辻本心想，这家伙吸着女人的血，过了一个好年呢。就在此时，从百助化妆品商店走出一位小姐，车夫好像是陪她来的，辻本估摸着这个皮条客副业在给人家做私人车夫，想去捉弄他一下，于是如同熟人一般凑上前去，故意用那个小姐也听得见的音量大声问道：

"喂，我能不能跟这位小姐好好谈谈？"

---

① 按照日本民俗，正月里在房门口或是大门口装饰的松树。

没有料到，还真的谈妥了。

就是为了这个女人，辻本后来死了一个妹妹。如果没有这个女人，他大概不会沦落到做皮条客。

其中自有一段故事。不过，先说我在今年元旦的晚上，久违地遇见了辻本。

从元旦开始，我住在广小路后面的舟和宾馆，宾馆在区役所大街上，对面是下总屋，由生意兴隆的舟和蜜豆冰店经营。

十一点多，我出去吃夜宵。新建的巴食堂门口的招牌上，店内张贴的广告上，都写着惹人注目的广告词——"楼上楼下同一价格"，颇有浅草一带大众食堂的风格。我走进去，点了一份牛肉里脊火锅饭，一共三十三钱，想想住宿费也就一元五十钱。（各位，舟和宾馆的西式房间，每晚两元，里面有五六把椅子，十分宽敞，而且很干净，看上去很气派。如果送餐到房间，米饭十五钱，酱菜也是十五钱。宾馆的人还热心地告诉我，到外面吃的话，十二三钱就可以吃得很好。广小路上耸立的五层混凝土大楼是浅草最有名的大旅馆骏河屋，也是一晚一元五十钱或者两元。）我十分开心。走出食堂，正看见辻本凑到一个路人身边，正在游说。那人的衣服上镶着颜色特别的海獭皮领子。

他好像没有注意到我，可是跟着男人走了六七步之后，辻本一转身猛地拉低帽檐，脸扭向一旁，走了过来。

"你去做你的生意吧。那人是个不错的客人吧？"

"那是个乡下人，有点怕我呢。过年了，总算把我放了出来。里面真热闹啊。"

"要不要去喝一杯？庆祝一下。我忘了，你现在是工作时间呢。"

"喝酒的话，我知道一家很干净的店，带您去看看怎么样？"

"把我当成你下一个客人了？"

辻本已经拦住出租车，伸出手指在跟司机讲价了。

元日的衬衫

二十三

　　我从后门上到二楼，只见花梨桌子旁边有一个桐木火盆。上面用金箔镶嵌的芙蓉图案已经陈旧发黑，呈铅灰色，大块木炭烧得正旺。

　　我俯身在火盆上，把里面整齐的炭灰搅乱。辻本则端坐在桌子对面。

　　双开的电灯，主灯熄灭了，只开着一个小灯，也就两烛光而已。辻本站起来两三次摆弄那个灯，可怎么也亮不起来。

　　这间六张榻榻米大小的房间隔壁好像还有一个三张榻榻米大小的房间，从拉门的缝隙里灯光透了过来。

　　"隔壁有客人吧。怎么那么安静？"

　　"没有，没有客人。"

　　"肯定有的。"

　　"没有啊，要么我把门打开？里面只有一个被炉开着。要么到被炉那儿去取暖？"辻本说着，似乎要起身，我想想也许他说的是真的，就说道：

228

"算了，不用开门了。"

过了一会儿，女人端茶上来。她穿着村山大岛①的茧绸衣服，为她增色不少，但是一张圆脸却相貌平平。

辻本站在那里不停摆弄，着急把大灯点亮。

"这个保险丝坏了吧。"

女人下了一级楼梯，回头答道：

"拉一下电灯绳就好了。"

"哦哦，原来是这个。"房间一下子明亮起来，不过辻本依旧坐立不安。

"原来保险丝没有断，不是他们故意弄的。"

"刚刚的是十七岁吗？你在车里跟我说的。"

"十八岁。她们喜欢在客人面前故意把自己的年龄少说一两岁。"

"就她一个吗？"

"嗯嗯，现在就一个。您不满意吗？"辻本渐渐恢复了皮条客的口气。

我知道，那女子不像十八岁，从这家的情形来看，应该有两三个女子。不过，我懒得同辻本理论，趴在火盆边上，没有作声。

也许辻本的老婆新开了店吧。辻本把我带到这里来，是想让我喝喝屠苏酒，然后回去的时候留下些压岁钱。我这样推测，才跟着他来的。所以，我没有料到，他竟然像对待路上拉来的客人一般对我。不过，转念一想，这也正常，我并没有生气。发现我兴趣索

① 在东京都武藏村山市附近织造的茧绸织物。

然，辻本一直在旁边察言观色。我心想，如果元旦一早他就如此困顿，那索性留下一些茶钱，再给辻本些车费，和他一起去吃点热乎的料理吧。可转念一想，这不过是我们这种人所喜好的无聊的虚荣心在作祟。于是，默默地从钱包里掏出三元钱。

辻本松了一口气，下楼去了。女人马上上楼来，对我说：

"请您去楼下吧。"

"这里就可以。"我没有脱掉外套，还戴着帽子，抱着火盆，女人不知该如何应对我，过来拉我的衣袖。我站起身来，随口问她：

"隔壁有人吧。"

"嗯嗯。"女人老实地点点头。

二十四

楼下六张榻榻米大小的房间里，女孩子一个人烤着火。

辻本说的十七岁女孩应该就是她。看来辻本并非都在撒谎。也许因为有什么情况，年长的女子才先出来接待的。

她穿着大花图案的平纹粗绸外褂，肩部的缝褶硬挺，让她看上去更像是个市井女孩。她身材修长笔挺，脸上没有脂粉气，血色尚健康。头发很粗，梳理得很光滑。与她的身材相比，中间凹陷、两端突出的鼻子，让她的脸显得有些庸俗。不过，虽然算不上是美女，但小小的脸庞圆润，肌肉紧致，看上去不像这个行当的女子，倒像是街上经常见到的普通女孩。

我走进房间，她竟一眼都没有看我，也并没有表现出害羞的样子，就像什么都没有发生。看来她干这个行当不是一天两天了。年长的女子当然看上去更加轻车熟路。我戴着帽子，弯着腰在长火盆上烤手，就像是顺便到熟人的家里做客一般，十分自然地问道：

"车夫呢？"

"回去了。这是车夫带来的礼物。"

我拿过来一看，原来是药品。年长的女子与我一样弯着腰凑近火盆，说自己从小到大，虽然受过伤，却没有生过病。

"可是，这个会让人变黑，不好。"

"什么颜色的？"

"紫色的药水。"年轻女孩把头转向火盆这边，这才扑哧一声笑了。她低着额头，半张脸贴在暖炉①的被子上，又扭过头去，懒洋洋地耷拉着肩膀靠在上面。如果被子不是如同旧内衣布头那种布料，她看上去几乎就像是玩纸牌玩累了，打了瞌睡似的。

"家里有三个女孩，不危险吗？"

"我们两个不住在这里。白天只有二楼那个半老徐娘。"

"半老徐娘？是不是刚刚车夫的什么人？"

"哎呀！你之前来过吗？"

我心里一惊，没想到自己竟问出这种话，更没有想到女子竟然这么诚实。

"嗯，那女子好像在哪里见过。"

女孩从被炉上抬起头，像近视眼似的皱着眉头仔细盯着我看。

"你撒谎。"

---

① 在炭火或电热等热源周围置以木框架，再从上面覆盖被褥，使用者可以钻进被子，以取暖。

"我经常在浅草这一带散步呢。"

"撒谎。我们住得很远。从来没有出去过。"说完,她又恢复了刚才那副打瞌睡的姿势。

我看看暖炉对面、玄关旁边那个两张榻榻米大小的房间,做出一副很怕冷的表情,可年纪大的女子还是说个不停,我猛地握住她的胳膊肘儿。

"你看,这么冷!"说完,我把手缩了回来。

"但心里很温暖哦。"

"用心来温暖身体吗?"

"你呢?冷吗?"她一把抓住我的胳膊。

"哎呀,这衬衫好软,一定很暖和吧。摸上去好舒服啊。"她忘我地用双手手掌到处摩挲着衬衫,时不时还抓一抓。我吓了一跳,摔了个屁股蹲儿。

"喂,你过来摸摸看呀,又松又软,真好啊。"她对着暖炉边的女孩喊道。

"让我看看。"手指纤长的一只手从暖炉里伸了出来。

"不要摸了,喂!"

"这是什么布料的衬衫?我还是第一次见。穿着很舒服吧。冬天好多人不脱衬衫。应该是羊毛的吧。"

"是骆驼绒,没什么稀罕的。"

我满脸通红,悲凉地笑了笑,垂下头来。

川端康成
浅草红团

图书在版编目（CIP）数据

浅草红团 /（日）川端康成著；高洁译 . —上海：
上海译文出版社，2024.6
（川端康成作品系列）
ISBN 978－7－5327－9507－9

Ⅰ . ①浅… Ⅱ . ①川… ②高… Ⅲ . ①长篇小说－日
本－现代 Ⅳ . ①I313.45

中国国家版本馆 CIP 数据核字（2024）第 091065 号

浅草红团	[日] 川端康成 著	出版统筹 赵武平
		责任编辑 许明珠 董申琪
浅草红团	高洁 译	装帧设计 尚燕平

上海译文出版社有限公司出版、发行
网址：www.yiwen.com.cn
201101 上海市闵行区号景路 159 弄 B 座
山东韵杰文化科技有限公司印刷

开本 890×1240 1/32 印张 7.5 插页 5 字数 100,000
2024 年 6 月第 1 版 2024 年 6 月第 1 次印刷

ISBN 978－7－5327－9507－9/I · 5949
定价：52.00 元